浇灌枝叶在盛开

铸牢民族团结魂

丙寅夏月 解玉琦

题词者：解玉琦，原河北省人大秘书长、河北省政协秘书长。

格桑花开太行情

华 丁 ◎ 著

中国书籍出版社

图书在版编目（CIP）数据

格桑花开太行情 / 华丁著. -- 北京：中国书籍出版社，2022.10
　ISBN 978-7-5068-8992-6

　Ⅰ.①格… Ⅱ.①华… Ⅲ.①纪实文学—中国—当代 Ⅳ.①I25

中国版本图书馆CIP数据核字(2022)第183388号

格桑花开太行情

华丁　著

责任编辑	王　淼　杨铠瑞
责任印制	孙马飞　马　芝
封面设计	杨飞羊
出版发行	中国书籍出版社
地　　址	北京市丰台区三路居路 97 号（邮编：100073）
电　　话	（010）52257143（总编室）　（010）52257140（发行部）
电子邮箱	eo@chinabp.com.cn
经　　销	全国新华书店
印　　刷	河北省三河市顺兴印务有限公司
开　　本	710毫米×1000毫米　1/16
字　　数	175千字
印　　张	11.75
版　　次	2022 年 10 月第 1 版　　2022 年 10 月第 1 次印刷
书　　号	ISBN 978-7-5068-8992-6
定　　价	98.00元

版权所有　翻印必究

领导关怀

原中顾委委员阴法唐（前排右5）与师生合影

时任河北省省长胡春华藏历年期间来校看望西藏班学生

时任西藏自治区教育厅厅长、现全国人大教育科学文化卫生委员会副主任委员吴英杰（前右1）来校视察

时任河北省委书记王东峰到校慰问西藏班学生

时任河北省委书记白克明（前右3）、省长季允石（前右2）来校视察工作

时任西藏自治区常务副书记丁业现、时任河北省委副书记赵一德到学院视察，慰问师生

时任河北省副省长王祖武（前立左3）视察原师院附中西藏班

时任河北省政协主席李文珊到学院视察工作

时任西藏阿里地区地委书记孔繁森来校看望学生

河北省委统战部副部长赵明远来校慰问西藏班学生

河北省民族事务委员会党组书记张少华来校视察工作

河北省教育厅厅长董兆伟来校看望师生

河北师范大学党委书记戴建兵来学院指导工作

河北师范大学校长刘敬泽到学院指导工作

品牌活动

唱支山歌给党听

成立"铸牢中华民族共同体意识艺苑工作室"

赴西藏深度家访

各民族守望相助　结对子追梦伴飞

西柏坡研学

中华民族一家亲文化展演

序 《格桑花开太行情》

秦洁

作者是我多年的老朋友了。他的长篇章回体历史小说《大英雄本色》（署名采风楼主，其他影视剧本、诗词、文章等作品曾用张耘、原阳、艾华署名）被出版方标为"史实与传奇的精妙结合"，"恢弘而生动地再现了毛泽东和他的战友们缔造中华人民共和国的光辉历程"，"是百花园里一朝怒放的奇葩"。阅读他的新作《格桑花开太行情》才知道这是他绽放文苑的又一奇葩——首部反映我国援藏教育的一部纪实文学作品。所不同的是这部作品中描写的人物不是名垂青史的大英雄，而是默默耕耘的群体园丁，他（她）们面对的教育对象不是普通学校的学生，而是从西藏高原"移植"到太行山脚下的"格桑花"幼苗，为西藏、为祖国培育、输送芬芳盛开的格桑花。

在内地举办西藏班援藏教育，是党的一个重大战略部署，是加强民族大团结的英明举措，是为了西藏自治区的社会主义建设事业培养合格的建设人才。扫视书的目录就让人眼前一亮，如："你我想不到，可党和政府早想到了"，"满怀热情迎新生"，"野马驹子不进槽，但不能打鞭子"，"对家庭主妇先斩后奏——'因为我是党的人'"，"是是非非难辨，违背天理难容"，"无私奉献和愉悦接受爱，也要有合适的管道"，"例行公事别有情"，"向前看和向钱看"，"手心手背都是肉，少一点都不是健康之躯"，"离校不离缘的'母女情'"，"民族学院更辉煌的明天，不是畅想是践行"……看目录让人心动，还既可以依次阅读，又可以挑选目录单项去看，对于生活快节奏的今天，无疑是一部方便阅读的纪实文学作品。

既然方便阅读，我就不必给大家列举书中那些感人的故事和人物了，由读者自己去体味，说说这部作品的"奇葩"之处：

首先，学校领导和教职员工面对的是一届又一届"奇葩"学子：语言不通，生活习惯不同，文化基础参差不齐等等，都是摆在老师们面前的难题。他们不但要做好德智体美教育的本质工作，还要关心孩子们的吃喝拉撒、看医生陪床、自掏腰包为有困难的学生排忧解难等等生活中的"琐碎"问题，兼做孩子们的父母才做的活儿胜似家人。这些，非无私奉献精神不能；没任劳任怨的韧劲做不来；心中没铸牢为民族团结的使命感，不会几十年保持着民族学院这片社会净土，始于举办，延誉至今。

再就是走过三十七年历程，从隶属师范学院附属中学的西藏班到独立办学的西藏学校，再到河北师范大学附属民族学院，领导换了一任又一任，教职员工新老交替一批又一批，教学任务步步升级，铸牢民族大团结的宗旨不褪色、让每个藏族学子健康成长为己任，德智体美教育犹如芝麻拔节节节高——成为教育领域里的一面旗帜。

阅读过程中令人感慨：从筹建西藏班的元老们到"拨乱反正"的西藏学校校长王惠民，接下来"半路出家"的藏族"奶奶老师"丁向真，老师白兰平、王改静等百名不图名利辛勤耕耘的园丁；历任校领导如戴凤林、冯瑞建、张文洲……再到现任民族学院的校长刘森、党委书记王运敏，他们有一个共同的信念：铸牢民族大团结教育，为西藏培育好更多的格桑花盛开。

由此，我想起与作者合作、筹拍的电影《托起明天的太阳》，那是以老一辈革命家携家人于陕北革命老区捐建的红军希望小学为背景而创作，再看他的新作《格桑花开太行情》，两部作品有异曲同工之妙：同为托起明天的太阳！

（本文作者为中央宣传部政研会正高级政工师）

引 言

在我们国家九百六十多万平方公里的广袤大地上，东西部的经济和文化发展不平衡毋容置疑。但"手心手背都是肉"，同属巍立之躯；如何促进西部尤其西藏自治区的安定团结和健康发展，便有了国家重大战略决策——公元1985年，在内地十六个省市开办西藏班，为西藏的社会主义建设事业培育合格的建设人才。当时的河北师范学院附属中学成为全国率先举办西藏班的学校之一。

河北师范学院前身，由创建于1902年的京师顺天高等学堂起始，1956年创办为北京河北师范学院，1969年迁往河北省张家口市宣化，"正名"为河北师范学院，1982年再迁省会石家庄市红旗大街105号。该院设有汉语言文学系、历史学系、法律与经济管理系、民族经济与行政管理系等14个系和马列教学、教育科学教学、大学外语教学和体育教学等四个教学部，共33个专业，并被授予中国古代史等5个学科专业硕士学位授权资格，与美国、俄罗斯等多国高校有着协议合作，有着良好的教育传统，业绩斐然。上级把开办西藏班的使命交由学院附属中学，是审慎之举；而学院领导和所附属的中学领导们接到这一"破天荒"的办班任务，既感到光荣，又认识到新的使命感。

青少年学生的豆蔻年华是在学校度过的，也就是说，他们把最美的青春时光留在了校园里。而校园就是一座大花园，在这里成长的蓓蕾花枝和被称为园丁的每一位老师息息相关。从西藏班举办开始，园丁们一心一意把自己的身心投入到培育祖国的花朵的劳作中，决心让从雪域高原"移植"到太行山下肥沃大地的格桑花茁壮成长、花开飘香！

虽然工作伊始困难重重，但责任在肩，园丁们知道自己肩负培育祖国花朵的重任，大家勇于担当，履职尽责；而"意料之外、情理之中"的历练和他们无私奉献的爱心，令人叹为观止！

目 录

一 开办西藏班重任在肩，共产党员就要不辱使命……… 1
  1. "你我想不到，可党和国家早想到了！"…………… 1
  2. "想想铁人王进喜，咱们的困难算个啥？"………… 5
  3. "前人陋室铭明志，今咱民房育新人！"…………… 7

二 面对陌生和乱象，大家手足无措又纠结含情………… 13
  1. 满怀热情迎新生……………………………………… 13
  2. 语言不通，"乱象"丛生……………………………… 15
  3. "野马驹子不进槽，但不能打鞭子！"……………… 18
  4. 我们要负起爸妈的责任……………………………… 22
  5. 老兵的关爱：民族团结情义真……………………… 23
  6. 冬去春来，冰化雪融花满枝………………………… 28
  7. 犹如桀骜不驯，令老师惶惑………………………… 32

三 迎难而上的老校长有话说：看不见的"山头"要占领
  …………………………………………………………… 34
  1. 虽非临危受命，也非同小可………………………… 34

2. 逆水行舟，舵手更要把握好方向……………………………… 39
　　3. 对家庭主妇"先斩后奏"：因为"我是党的人"……… 41
　　4. 校长讲话一针见血：看不见的"山头"更要占领……… 43
　　5. 榜样的力量是无穷的，学生带动学生很奏效……………… 45

四　爱、严、细"三字经"，字字珠玑，敏行讷言……… 47
　　1. 严，彰显中华风………………………………………… 47
　　2. 细，更见真情见成效…………………………………… 51
　　3. 爱，是校园铸就了的魂………………………………… 56
　　4. 劳燕分飞还反哺………………………………………… 57
　　5. 青年教师外传之一……………………………………… 58
　　6. 青年教师外传之二……………………………………… 65
　　7. 向前看和向钱看………………………………………… 70
　　8. 坊间传出"母女"对…………………………………… 74

五　领导的关怀和牵挂，打开了教育的一扇窗………… 80
　　1. 例行公事别有情………………………………………… 80
　　2. 多呆了四十分钟………………………………………… 82
　　3. 送走了领导，增强了责任感…………………………… 85
　　4. 喜出望外，领导的批示超出预期……………………… 87
　　5. 怀疑自己走错了门，不怀疑的是初心………………… 87

六　西藏行，更加认知开办西藏班的重大意义………… 91
　　1. 向着珠穆朗玛峰行进…………………………………… 91
　　2. 惊见火车站的接站人——车晚点人在等……………… 93

3. 家乡的味道——丰盛简约都是情……………………… 97
　　4. 手心手背都是肉，少一点儿都不是健康之躯………… 102
　　5. 家访计划外的偶遇，才知道已桃李藏区红…………… 103
　　6. 家访策划充满匠心，和时间赛跑还接地气…………… 107

七　师生研学行，喜马拉雅山到老龙头的一脉相承…… 116
　　1. 西柏坡——新中国从这里走来………………………… 116
　　2. "我们去看北京天安门"………………………………… 118
　　3. "毛爷爷，我们家常年供奉着您"……………………… 121
　　4. 万水千山都是情，我们都是画中人…………………… 123
　　5. 托起民族团结的未来之星……………………………… 126

八　格桑花开遍地红，昔日学子今园丁………………… 136
　　1. 西藏高原之星白玛德吉………………………………… 136
　　2. 美丽的乡村教师格桑德吉……………………………… 137
　　3. 罗追，日喀则精神文明的带头人……………………… 141
　　4. 泽仁曲西，自治区基层组织建设先进个人…………… 144
　　5. 他们的歌声唱响首都北京……………………………… 145
　　6. 格桑花开满园红，光环之下看园丁…………………… 149

九　情深意浓话情缘……………………………………… 153

十　恪守使命是无私奉献之魂…………………………… 156
　　1. 一任又一任院长代代相承，恪守使命是无私奉献之魂… 156
　　2. 教学生涯中的小故事，个性和共性…………………… 158

3. 他们的无私奉献有口皆碑 …………………………… 165

十一　民族学院的明天，不是畅想是践行 …………… 167

十二　西江月 · 园丁之歌 …………………………… 170

开办西藏班重任在肩，共产党员就要不辱使命

1. "你我想不到，可党和国家早想到了！"

河北师范学院附属中学的领导班子经过缜密研究，决定由副校长白宝芝主管，总务主任郑立、团委书记耿坚以及语文老师周卫红、音乐老师王英等几名老师为西藏班开班筹备工作的"先行官"。

20世纪80年代中期的石家庄，和全国其他城市一样，沐浴在改革开放的春风里，河北师范学院附属中学也不例外，感受得到人民的日子会一天天好起来，尊师爱教又回到校园里，大家的心情是愉悦的。尽管"先行官"们并没有人接触过藏族学生，大家的思想却也没有什么波动：不就是给孩子们上课吗？和同年级一样的教材，学生陌生但课本烂熟，没人感到会有什么难处。音乐老师王英更有一番欣喜：她喜欢藏族歌曲，尤其是唱红大江南北的《唱支山歌给党听》《在北京的金山上》等曲目，已经融入自己的血液里边。西藏班筹备小组第一次"全会"一开始，王英首先提出自己关心的事。

"郑大总管，藏族是个能歌善舞的民族，上音乐课，民族乐器不能少呀？"尽管王英有女性的矜持，更有音乐老师的气韵，用手撩起秀发，明亮的丹凤眼很是传神，"你是学校总务主任，到筹备组来必然行使财务大权喽——需要购置什么乐器，我列个单子给你！"

平日里少言寡语的郑立摇摇头："我哪里有什么支配权？有些执行权罢了！嗨嗨，我们筹备小组是集体决策，我可没资格搞什么一言堂！话说回来：筹备筹备，现在还没有教室的影子啊？采购什么着什么急呀？"

"啊？"王英不免惊讶，"没有教室，让我们筹备什么？什么年代了？像几十年前的抗大那样在露天地儿里上课呀？"

主管副校长白宝芝秀眉微蹙："我们附属中学本来就房舍紧张，早已是一个萝卜一个坑，哪里有多余的房子给西藏班用？"

语文老师周卫红也娥眉不展："都说巧妇难为无米炊……我们是有了米也没锅下啦！"

白宝芝不无幽默："学校领导研究的结果，就是授权我们几个人想办法解决。"

"我们几个人想办法解决？"这叫什么授权呀？郑立、王英连连摇头。也难怪：哪有任课老师到还没校舍的学校教学的？

"现盖校舍吗？"耿坚随口问。

"盖校舍？"白宝芝苦笑着，"还有盖的时间吗？"

是啊，九月一日开学，只剩下几十天的时间了！别说盖房子的时间没有了，就算有时间，盖房子的地皮在哪里？白宝芝严肃又不无幽默：师院附属中学没有一间空房子供西藏班用，只好变戏法"变"出一个西藏班的校舍来喽！

"白校长学会拿工作开玩笑了？"王英和白宝芝不是闺蜜也

算老同事了，没有上下级的芥蒂，说话有点儿随意。

大家用困惑的目光望着白宝芝。

河北师范学院前身就是一所和平年代的"流动"院校："文革"中还是河北北京师范学院，上个世纪60年代末迁往张家口市的宣化，1982年又从宣化搬到省会石家庄红旗大街南段来。那时的红旗大街是规划中的教育区域，规划嘛，是从农民那里征来的庄稼地，各院校按照政府配置计划、遵照繁琐的批准程序建校舍置家当，就算有了政府批准立项文件，到盖完几十个公章也不知猴年马月才能搬砖和泥动工哩！

没加思索的王英又冒出一句"外行话"："再说了，就算有了地皮，让我们筹建西藏班校舍？我可不懂盖房修屋！"

郑立苦笑笑："建筑修屋，我略知一二，可毕竟也远水解不了近渴——西藏教育厅就要把两个班的生源送来了，火烧眉毛呀！教室、宿舍、食堂、医务室、操场……都得有吧？总不能把几千里投奔来的西藏学子们'晾'在大马路上吧？"

"就算我们几个是大魔术师，也变不出这么多东西来呀？"

"会变能变，也变不出地皮来'放'呀？"

说是说笑是笑，解决问题还要落到实处。

眼前的纸上谈兵，令大家感到有点天方夜谭！

但问题就摆在大家面前，主管副校长白宝芝向大家解释：没有讨价还价的余地——会上领导点名由我来牵头筹备西藏班，自己就是讨价还价而"败下阵"来的！"我的面前也只有一条路可走：和筹备组的老师们一起想办法解决！"

"我们租房，租房子干起来！"白宝芝这才亮出了"底牌"，"想来想去，只有这个办法可行了！"

大家先是一怔，接着纷纷点头——除此之外又有什么别的好办法呢？

此时的王英感到有些遗憾：本来，知道自己要任课西藏班很是高兴：给学生们上音乐课的过程中还能汲取少数民族的音乐细胞，为自己的音乐发展之路增添点营养！没想到遇到当老师以来最尴尬的情景，别说音乐室，连教室在哪儿还没谱呢！

郑立也有话说："你没想到这些？我也有没想到的：怎么上边要在我们这里办西藏班？"

白宝芝瞟一眼郑立："党委书记讲的对呀，我们是没想到，可党和国家早想到了！明白了吗？"

郑立想到什么，随即做一个抽嘴巴的动作："要是在旧社会的衙门里，我这么冒失就该掌嘴——真是记性不强忘性强！嗯，往小里说，是老师们的工作，要一丝不苟做好；往大里说，是国家战略部署，促进民族团结之举，是民族振兴重要的一环，我们不可等闲视之！"

"这样的认识就对了！"白宝芝脸色严峻，"从入党的那一天起，我就叮咛自己不能混同一般老百姓那样得混就混、随波逐流，要勇于接受挑战。现在，是要不辱使命！"

王英太了解副校长白宝芝了，她是个干工作从不含糊的人，在筹备西藏班面前，她会更为执着卖力。想起刚才自己的提问有些愧意，便向副校长表示："请领导放心，我还不是共产党员，但也和领导一样不辱使命，好好干！"

看来，王英也"赤膊上阵"了！

白宝芝面露严峻之色，也不乏调侃的味道，绷着脸对王英道："你的歌好听，我希望在大家高兴和不高兴的时候，都能听到你的歌声！"

"你说什么？"王英一时没听明白副校长的意思。而副校长没有回答他，挥挥胳臂："散会！明天开始物色房子——郑老师，以你为主来抓这件事！"

"那，我们得有个临时办公室吧？"郑立提醒白宝芝。是啊，"铁打的营盘流水的兵"，何况眼前都不是流水的兵！

白宝芝似为调侃、但意味深长："我们眼前的任务是筹建西藏班，我是'双天官'啦，就在我的办公室门上再挂上一块牌子：西藏班筹备小组！"

笑了，大家都无可奈何地笑了！

2. "想想铁人王进喜，咱们的困难算个啥？"

改革开放初期，河北师范学院从张家口宣化迁建石家庄市红旗大街南段，虽然校舍坐落在长满庄稼的农田和村落之间，却没有为西藏班扩建的空间。红旗大街南段毗邻石家庄市的西经济开发区，是全市最具人气的地方之一。人们都知道，经济开发是改革开放工作中的重头戏，而各市的经济开发区则是全市热点，高科技产业园和形形色色的开发机构如火如荼地建设中，哪个建设单位不临时用房租房？毗邻经济开发区的红旗大街的房源自然紧张得很，所以，跑了一天的西藏班筹备组成员们汇集消息时，都把头来摇。

"找了……没有。"

"没有合适的。"

郑立提醒同仁："合适不合适，要辩证来看。"

"你这什么意思？"性格内向的周卫红问。

郑立反问周卫红："我们筹备的是两个西藏班，不是一个多年级学校，大房子租了浪费，小房子不够用，不是吗？还有，未必能找到合乎教学条件的教室让我们租用——我的意思是能凑合的就先凑合着,无论是教室还是宿舍,先租下来,收拾一下,尽快配置桌椅板凳黑板讲台。至于宿舍,可以和教室不在一起,但不能离得太远。"

王英苦笑:"这几天快跑断腿了——真的不好找!"

周卫红道:"怎么也得有大几间房子才够用,更甭说两个教室都需要能放下几十张课桌的大通间,一般民房的面积不具备这个条件,厂房又不可用!"

白宝芝耐心抚慰两个同事又是两个好姐妹:"我也在联系房源,哪个合适用哪个。留给我们的时间真的不多了!我们辛苦辛苦吧!我可不是喊政治口号,是真心话:拿上甘岭比有些夸张,但铁人王进喜的精神值得我们学习。说起来,我们基本上都是共和国的同龄人,是享受着前辈的革命成果、沐浴着党的阳光雨露成长起来的。当我不满足教科书上的知识,拓展学习开阔视野的时候,就感到我们教育工作者不仅仅要教学生考个好分数——校园里不是流传着'分分是学生命根'吗?但'命根'是'分'吗?再说了,国泰才民安,有青年才有希望和未来。想到这些,我不再犹豫,向党委领了军令状:一定按时筹备好西藏班的开学条件。总务主任郑老师、团委书记耿老师和你们两姐妹,都是我点名挑选的筹备组成员。我就觉得我们一定能克服种种困难,以相对完善的学习环境欢迎第一批藏族同胞的孩子们,让他们在这里安心学习,有比当地更好的学习条件和生活环境。"

白宝芝说着动了情,眼圈都红了!毕竟,女性性柔,情商易动,王英瞅一眼周卫红,向白宝芝表示:"你这副校长都放下身价事必躬亲,我们一线老师还有什么可拿捏的?行,明天接着来!"郑立和耿坚也向白宝芝汇报工作,一个说除了关注房源,自己也在联系桌椅板凳、教学学习用具还有床铺生活用品；一个表示来的都是藏族孩子，不知他们会不会说普通话，认不认识汉字，正在和援藏的老同学联系，询问那里学生们的文化基础，还有西藏风俗习惯，要有思想准备。白宝芝点点头，说："好啊！大家辛苦了，租下房舍、筹备完毕，我掏腰包请大家到云南餐厅慰劳大家！"

"为啥要去云南餐厅？"周卫红问，"坐飞机去呀？"

白宝芝不无幽默："还用得着到云南吗？改革开放，商家早把南风北味四处'流通'了。不过，省城没有藏族风味的餐饮，倒是有一家西藏的近邻——云南餐厅，就到云南餐厅'沾沾边儿'！"

没等周卫红做出反应，王英明白了，颇为高兴："嗯，格桑花，樱桃花，都是西域高原上盛开的花！"

于是，语文老师周卫红也明白了，觉得领导就是有领导艺术，有些激动的她"自告奋勇"："到时候我拿酒——巧了，我家有瓶珍藏好多年的青稞酒！"

"你们家不珍藏茅台五粮液，怎么珍藏青稞酒呀？"王英纳闷。

周卫红神秘地一笑："这是我那口子收藏的，好几年了！喂，青稞酒可是风味独特、西藏盛产的名酒呦！"

王英眉色飞舞："好，到时候，我这不喝酒的也喝上一杯！"

3. "前人陋室铭明志，今咱民房育新人！"

功夫不负有心人——用郑立的话说，西藏班该筹备的都筹备"齐了"。白宝芝请附属中学党总支书记高锦荣、校长彭玉兰到将要启用的西藏班来验收。白宝芝等筹备组成员陪同校领导先看教室——两间藏在红旗大街村子里的民房内，墙刷得洁白，屋顶安上了荧光灯，新置的课桌和凳子擦得干干净净，讲台朝学生的一面还贴上了剪纸楷书大字：

欢迎西藏班1985级新生

黑板上方挂着毛泽东主席的标准画像，两侧分别是毛主席语录"好好学习"和"天天向上"，高锦荣满意地点点头，对校长彭玉兰说："只好先委屈西藏班的师生们了，我们会尽快扩建校舍，让西藏班师生尽快搬进标准教室和宿舍。"王英听了有些激动，说："我一定全身心地投入工作，和能歌善舞的西藏班学生打成一片！"校长彭玉兰拍拍王英的肩头："王老师，你是附属中学的音乐老师，不是西藏班专属音乐老师呦！今年全市歌咏比赛，我们学校的乐队指挥还是非你莫属呦！"王英俏皮地道："不知道我这快散架的身子骨能不能挥动指挥棒哩！"彭玉兰笑对高锦荣："看没有？王英这是代表西藏班筹备小组老师们表功劳、请功呢！"高锦荣闭起嘴巴点点头，对王英道："辛苦大家了……这功劳么？把西藏班纳入教学轨道，我们就向学院领导给你们邀功！"

王英说"好"，白宝芝却泼起一瓢冷水："说实在的，我心里还真没底！"周卫红盯着白宝芝问："干啥？不自信我们能办好藏班呀！得，我珍藏的青稞酒也不用贡献出来啦！"王英凑热闹："你们都别呀！我还等着开酒戒哪！"白宝芝振作精神，和王英击掌："好，今晚六点半云南餐厅见！"

彭玉兰问高锦荣："这几个人年富力强有激情，怎么样，放心了吧？"

高锦荣点点头，对白宝芝等道："验收过了，你们也修整几天吧——新的考验来临，不能掉以轻心啊！"

今天还没怎么说话的郑立有些得意，说："虽然是租用民居，万事俱备只欠东风了——我该做的做了，我该喘口气了，好了好了！"

——总务主任哪里知道，当西藏班学生来了之后出现的状况令他和同事们一时手足无措，和过去的新生入学状况大不一样——那也算是后话。

周卫红和王英是闺蜜，除了像道家的阴阳那样性格互补而合，再就是周卫红喜欢写诗，王英有意向音乐领域发展，二人既是教学同仁，又是业余时间探讨诗词乐理的好"搭档"。晚上六点半时刻，王英和手提青稞酒的周卫红兴冲冲来到云南餐厅香格里拉包厢。周卫红打量着富有云南风情的餐厅装饰有所悟，说："我们的学生有的来自西藏昌都，昌都东临四川，南望云南；而香格里拉位于云南西北，是不远的'邻居'呀！"王英也恍然大悟："嗯，有道理。不管怎么说，今天我们就放松放松——筹备西藏班工作几十天，比我长这么大费的力气还多！"周卫红笑道："谁说不是呢！我们爹妈那一辈是从战火里走出来的幸存者，我们俩好歹是吃着商品粮、住着公有房长大的，没吃过多少苦——现在算是补上了一课！"王英感慨："到底是语文老师，中文系毕业本科生，就是比我这又跳又唱的人儿看问题有高度！"

白宝芝和郑立、耿坚走了进来，见王英、周卫红正说悄悄话，耿坚开个玩笑："呵，世间有甜哥哥蜜姐姐，还真没见过姐俩这么亲密无间的！"王英马上反唇相讥："再亲密也没谁和谁在水上公园亲密，让便衣（警察）都看不下去了，要叫到派出所去询问呀？"耿坚忙向大家解释："看看，不了解情况的听了还误以为我这团委书记干出什么出格的事哩——那是因为我爱人是'冰冻'型的，长得比我年轻！"

大家嘻嘻哈哈，放下在校园里的文雅和矜持，放松了心态。人嘛，都吃五谷杂粮，性本善，习相连，老师也不例外。燕赵大地是共和国版图上唯一一个平原、山脉、河流、沙漠、草原、湖泊都有分布的省份，也是历史古迹最多的省份之一：女娲宫就在历史上从未更名的古城邯郸城外悬山而建；远古遗存的唐县庆都山尧帝故里；全球驰名的万里长城之始老龙头；名震天下秦皇岛境内的山海关；至今还回荡于太行山麓的古韵"风萧萧兮易水寒，壮士一去兮不复还"；印证半个清朝在保定的总督署；清西陵清东陵和承德避暑山庄壮观的外八庙；普通话标准语音采集地的承德滦平……无不展现着华夏龙脉传承。更传奇的是隋唐成酿、千年不衰的衡水老白干，令县太爷赘婿王之涣开怀——酒，是燕赵官家民野离不开的饮品、畅怀助兴的佳酿！

妙哉！容地理百相，燕赵人品天下百味而豪情——品足了老白干酒再品青稞酒，意味绵长。王英真的第一次端起酒杯，先敬主管藏班工作的副校长白宝芝："白副校长，您最辛苦！我沾唇表敬意，我们碰杯表心意！"白宝芝端起酒杯摇着头："我也不胜酒力，平日也很少沾酒。今天高兴，喝！"

两杯相碰，都是沾沾唇便放下酒杯。郑立有话说："不对呀？你们女士都沾沾唇意思意思，我们俩男士也不好意思开怀畅饮呀？"周卫红便道："各尽所能，谁也不逼谁！我敬大家一杯！"白宝芝微微含笑："别看卫红不多言不多语，有酒量。"郑立道："酒场上不能小看女同志——只要肯端杯就如俗话说的'吃药片儿的梳小辫儿的'，一般人对付不了！"没等周卫红回话，白宝芝先

"和稀泥"："咱们今天不是为了喝酒，是借酒放松一下。趁大家头脑清醒，我告诫各位：前人《陋室铭》明志，今咱民房育新生，一定不辜负领导的信任。我敬大家一杯！"

耿坚痛快地把酒喝下，吐露心声："我去过西藏，虽然只是蜻蜓点水似的一掠而过，也有感触。如今参与西藏班教学，我这团委书记心里直打小鼓：来学习的都是青少年，有没有团员？有多少少先队员？怎样在他们中间开展工作？西藏是咱们国家信教的地区之一，学生们信仰什么呢？有信仰吗？"

大家都把目光投向校长白宝芝。白宝芝道："我们不是唯一内地开办藏班的学校——不是第一个'吃螃蟹'的人，干吗加那么大的小心？大不了有个磨合期，别忘了加'润滑油'就是了——来，吃菜呀？"

王英瞅着上桌的菜赞叹："是和其他餐厅菜品不大一样……嗨嗨，鲜花也做成菜品！真漂亮，我都舍不得动筷儿了！"

"真有怜香惜玉的情怀！"周卫红取笑。白宝芝感慨："人生有鲜花相伴，也有荆棘相随。但愿我们旗开得胜！"

"干杯！"

王英没守住沾沾唇的"底线"；周卫红斟酒不吝；郑立碰杯就干；耿坚被动才端杯"合作"；白宝芝情笃神定。酒下肚而情绪涨，王英顺着少先队之歌的旋律现编词儿哼唱起来：

　　我们是孩子们
　　眼中的师尊
　　　毛泽东思想滋润着
　　我们的灵魂
　　　为了明天早晨升起

11

格桑花开太多情

美丽的太阳
　　我们无私奉献着一切
和爱心
　　……

面对陌生和乱象,大家手足无措又纠结含情

1. 满怀热情迎新生

迎接西藏班新生入学的日子如期而至。周卫红和王英在火车站接站点守候从西藏赶来报到的新生们,有附属中学的多名学生志愿者配合接站工作;郑立和几位委派到西藏班教学的老师在学校负责接待安排;耿坚负责车辆运送,白宝芝则"统筹"全局,协调处理各接待环节可能遇到的问题。当第一批藏族学生在举着写有汉、藏两种文字接站牌的志愿者带领下来到接待站的时候,瞅着他们的王英老师不免惊异,悄悄对周卫红说:"他们怎么穿的不是本民族的服装呀?"

师院附属中学高中班志愿者之一黄小芬告诉王英:"老师,我也奇怪,还以为接错了呢!一个会说普通话的藏族新同学告诉我:他们在节日或举行礼仪的时候才穿藏袍,平时和我们是一样的穿戴。"王英点点头:"原来如此。"便弯腰从地上的纸箱里往外拿瓶装水,分给刚下火车的孩子们喝。她扫视眼前的藏族新生:有不大点的孩子,也有比自己个头还高的半大小伙子,不觉

诧异，问："你们都是来上学的新生？有送人的家属吗？"

"没有家属，有送我们来的老师。"那个会普通话的梳辫子的女生告诉王英，"是自治区教育厅派来的护送我们的一个叔叔。还有我们的藏语老师桑巴。"

"好好。你们喝点水，接你们的车就在停车场。"王英扫视一下面前的和正在往这边聚集的藏族学生，发现他们他们有的学生几乎没有行李行囊，两手空空，只有少数学生背个包。

"你们的行李呢？"王英问。周卫红提醒她："说什么哪！白校长在预备工作会议上不是说过了吗？他们的衣食住行都由学校（国家）负责，用不着带什么东西啦！"

"对对对，我忘了！"王英愧然一笑。这时，那位护送学生们的西藏教育厅干部上前和王英、周卫红握手致意："我是马腾（化名），是护送学生们和藏语老师桑巴的西藏自治区教育厅工作人员！"

"您好！"王英等纷纷问候。王英道："您辛苦了！人都聚集齐了吗？我们上车到学校吧！"

"好的——齐了。"马腾回答。

"马老师请！"周卫红和马腾握手、寒暄："您叫马腾？"
"是。"

"是藏族吗？您和三国里的那个五虎上将一样的姓名！"

"我也不知道谁给我起了这么个名字——我妈妈是藏族，我爸爸是汉族。"

王英啧啧感叹："真是各民族血脉相通啊！"

马腾望见停车场里的两辆大巴车是接自己和藏族新生的——那车身上的标语很是醒目：

> 热烈欢迎西藏班新生入学！
> 石家庄也是你们的家！

马腾感慨道："为了让藏族青少年有更好的学习环境，接受更好的教育……"

王英马上把话跟上："马老师，您是客也不是客！"

"哦？"马腾听了望着王英，国家在多个省开办西藏班。我不是第一次护送学生们到校了……石家庄人民真的热情好客！"等待下文。

"我们五十六个民族一家亲呀！"

"对对，一家亲，一家亲！"

车里响起一阵欢笑声！

坐满车厢的孩子们个个透过车窗玻璃往外看。周卫红悄悄关注着他们——他们的目光游离在一望无尽的高楼大厦和无限延伸的宽敞马路，心里就琢磨：多数学生从青藏高原来到大城市，一定感到新鲜和陌生……

2. 语言不通，"乱象"丛生

孩子们报到、注册之后的第一件事是进餐，王英叮嘱孩子们"排队打饭不要乱"，没人搭理她，一个劲儿往前挤，盛了饭菜就不管不顾、围着出饭口吃喝起来。和孩子们一同来的藏文老师桑巴（化名）用藏语吆喝着推拉着，孩子们才好不容易疏散开，在桑巴的"摆布"下排成骚动的"长蛇阵"打饭。打了饭的孩子边走边吃，个个"爆发"欣喜之色，在哪儿吃完了饭就把饭碗筷子就地一丢，用衣袖抹抹嘴巴，流露出心满意足的神色，有的还拍着自己的肚皮憨笑。桑巴见王英神色不对，便解释说："要慢慢立规矩——他们没有集体生活的体验。"王英礼貌地点点头："明白，理解！"但脸上还是流露出内心里的纠结。

——饭后，老师们开始安排七十个新生入住宿舍。这是一家移民国外的村民空下的院落，院子里有棵大槐树，看上去树龄不下百年，两只喜鹊在枝头喳喳叫着，像是在提醒"独居"好久的小院从此不再孤独寂寞。正房玻璃窗前一棵石榴树上，红皮石榴咧开嘴笑，飞来飞去的蜜蜂儿络绎不绝。三间正房挎一间耳屋，房间里上下铺的铁管睡床，卧具都是新置，安排女生住宿。东厢房和西厢房共五间，一样的床铺卧具，安排男生来住。南房三间为厨房和随班藏语老师宿舍。感到新鲜的学生兴奋地争攀上铺，喜笑颜开。明明听到哨子声也无动于衷，只有少数懂得令行禁止的学生"配合"藏语老师桑巴用藏语、汉语吆喝"集合啦"！见多数学生还在床铺上玩耍，老师们只得进屋连喊带拽往外"请"！王英额头上都急出汗来了！

——好不容易把七十名学生聚集到院子里，排成方队，由总务主任郑立向大家宣布生活纪律，还是桑巴呵斥了半天，叽叽喳喳的学生们才基本静了下来。有着社会经验的郑立对桑巴老师道："我不会说藏语，请桑巴老师翻译给同学们听！"

"好！"桑巴应承——这正是他的用武之处。

郑立首先代表学校领导和老师们欢迎同学们来师院附属中学西藏班完成学业，并告诉大家，将在明天举行开班典礼。

桑巴老师翻译后，学生们活跃起来，桑巴引导学生们鼓掌致谢。接着，郑立公布生活纪律，桑巴一一翻译，如爱护公共财物，不要损坏东西；讲究卫生，勤洗手洗脸和漱口刷牙；不要乱丢东西，保持环境卫生；上课和集体活动要穿学校发放的校服；按时作息，遵守纪律……每个宿舍张贴着汉藏双语学生生活守则，每个人都要学习、遵守等等。宣布散会，就有两三个男生面朝墙根撒起尿来！

"那边就是公用厕所！"桑巴呵斥，"大小便要到厕所！"

王英和周卫红看了忍俊不禁，哭笑不得！

——到点不起床，睡懒觉，男生尤其赖床。老师们分头去喊，有的学生从床上爬起来提溜着裤子就往外跑到厕所"卸货"。床上的被褥乱七八糟堆作一团，有的上铺的被子悬挂在床栏杆上，下铺的耷拉在地！怎么办呢？老师们只好亲自动手，把褥子扯平，把被子叠好，把乱扔的臭袜子脏毛巾一一收拾，打扫屋里的垃圾……耿坚一边用手帕擦脸上的汗一边感慨："在家里是老婆干的活儿，在这里我都干上了！"周卫红抿嘴儿笑不作声，王英哼起自己做学生时参演的表演唱："我们是人民的八大员……"不知是寻开心还是自我安慰！

第一天来西藏班的数学老师董桃（化名）用手背撩撩秀发，不无抱怨："这都什么呀？还不如我那两岁的侄子，知道自己该怎么做哩！"

周卫红长舒一口气："这才到哪儿呀？日子长着呢！"

王英叹口气："总不会当老师兼保姆吧？"

周卫红道："我想教他们如何懂得生活，如何遵守纪律，如何……可语言不通，沟通不了呀！"

从宿舍里走出来的耿坚不无幽默地提醒大家："别急！正是语言不通，才有一年的预科，让孩子们学会了普通话再开正式课程。嗯，老师们只好先当一年老师兼保姆了！"

——磨合磨合，刚开始，既不好磨，也不好合！

不过，老师们也"认"了：筹备西藏班的时候已经在理论上预先"磨合"过了,尽管不知道带这些藏族儿女们竟然这么费劲!

3. "野马驹子不进槽,但不能打鞭子!"

全部任课老师只有一间和教室一般大小的备课室兼办公室,房源紧张,老师们理解,难以理解的是这群孩子怎么这么"差劲"?差在哪儿,老师们都可以一二三地掰着手指头数……

作为在师范学院附属中学工作多少个年头的副校长白宝芝,本来干的是顺风顺水的副手工作,压力不怎么大;现在不行了!原本每个周日是法定休息日,主管西藏班以来,不是这事就是那事——这不,回家看望一下身体不适的老父亲,随后电话就打过来了!

"白校长,出事了!"数学老师付永芳的电话。

"什么事?"白宝芝的心一下提了起来。

"85级2班学生王兰报告,两个学生到街上瞎转悠,在水果店拿了香蕉就走,老板追出来要香蕉钱,他俩大眼瞪小眼,然后用藏语和老板吵起来,老板傻眼了,听不懂呀?老板的侄子不干了,追上来和两个学生理论……打起来了!"

"啊?我们的学生被打了?伤着没有?"

"什么呀?您还护犊子呀?他俩把老板的侄子打趴下了!"

"把人家打趴下了?伤着人家没有?"

"好像没大碍。老板都四十多岁了,见侄子被打倒,拽住一个同学的裤腿死也不撒手……街上围了一大堆人看热闹!"

"知道了!你们控制住局面,别让矛盾冲突升级!我就来!"

白宝芝放下电话,瞅瞅病床上睡下的老父亲,对母亲说学校有急事,抽时间再回家看望父亲。母亲点点头,说:"去吧去吧,有我照顾你爸呢！"发现女儿脸色不好看，关切地问了一句："你瘦了，听外孙说你不亲他了——一天到晚不着家？怎么了？"

"听他瞎说！没怎么呀！就是忙。"

"工作忙呀！去吧去吧！"

老人家知道女儿最近工作更忙，理解她。

白宝芝转身的工夫鼻子一酸，眼睛有些模糊起来。但一种潜能迅速使她镇定下来，骑上自行车就往学校方向疾驰。

一列石德线上的旅客列车在铁轨上缓慢行驶，把马路上的行人和车辆堵住了，白宝芝只得下车等候。心里焦急的白宝芝恨不得插翅飞过去，但无可奈何。望着缓慢行驶的列车上放下窗玻璃的车窗里一个少数民族打扮的小姑娘向外挥手的动作，令白宝芝产生几分感动，感动什么？当列车飞驰而过、她跨腿骑车继续前行回思的那一瞬间，一句少年时代熟唱的歌词在大脑里闪过：我们是共产主义接班人！

那是少先队之歌的一句歌词，也是自己少年时代喜欢的歌子，而现在，自己的工作与培养共产主义接班人密切相关啊！一路骑行一路思考着：那个向车窗外路人挥手的小姑娘礼貌之举，一定是受到良好教育的少数民族的孩子……想到了电话中报告的那两个惹事的学生，心中暗自思忖：一定把每一个西藏班的孩子教育好！

可是，他们怎么会白吃白拿呢？怎么回事？

一个大大的问号在白宝芝脑际萦绕着。

眼望前面有一群人围在那里，看那阵势就是事发之处。白宝芝来到跟前停放自行车之际，就见付永芳迎上前来。

"白校长您来了……那个老板娘不依不饶，好说歹说就是不放手！多亏了我们控制了局面，否则非闹大了不可！"

白宝芝马上纠正付永芳:"我们错了,就赔礼道歉,还能抱怨人家?"

见校长到了,在场的师生嚷叫起来:"我们校长来了!"围成圈的人群不约而同地让出一条路——死死抱着学生的脚脖子的老板娘发着哭腔:"校长……我认得你呀!你们的学生拿了香蕉不给钱,还打了我侄子!你给评评理呀!"

白宝芝到她的水果店买过东西,也认识她,还记得她姓李,便向她道歉:"对不起李老板!我来付香蕉钱!您起来,起来,我向您赔礼道歉!"

老板娘慢吞吞松开手,白宝芝伸手扶她起来,用手给她拍打衣服上的尘土,又掏出自己的手帕给她擦拭脸上的污迹,围观的人们嘻嘻哈哈,有的说"散伙,没事了!""老将出马一个顶俩!"王英听了不舒服,说:"说啥哪?我们校长老吗?别瞎起哄!"白宝芝又去拉蹲在地上的老板娘的侄子:"没事吧?伤着没有?"老板娘的侄子边起身边发狠话:"俩打一个算什么好汉?走着瞧——三街兄弟帮不是好惹的!"付永芳向白宝芝解释:"听听——老板的侄子不是个善茬!"

白宝芝从衣兜里掏出十元人民币塞给老板娘,安抚她:"李大姐,这点钱您收下。学生做得不对,我们会严肃批评教育他们,不让此类事件再次发生。"老板娘犹豫,说:"他们没拿这么多钱的香蕉……"王英插话:"你就收下吧——这件事就算两清啦,谁也别记谁的仇!"白宝芝对老板娘的侄子道:"小朋友,没受伤就好,我替他们向你赔不是!"可能是那十元钱远超那香蕉的价值而感动,老板娘反过来批评侄子:"追过来就追过来,谁让你动手哩?你拉倒吧——新来的学生们一个个野马驹子似的,你横竖像只公羊,哪是他们的个儿呀?校长都替他们赔不是了，算了算了！"

　　算了——一场风波就这样平息了。

　　可老师们的心情没有平息下来。回到校舍，白宝芝叮嘱闻讯而来的桑巴："今后有学生上街，要向你请假——不，你陪他们一起去，做好翻译，免得再因为语言不通产生误会。"

　　没想到桑巴如此说："不是语言问题。没有误会也容易惹是非。白校长，我了解——他们不考虑钱的问题。"

　　"那怎么行……什么意思？"

　　"他们中有相当一部分在老家就没见过钱，更别提花钱了！"桑巴解释，"我没瞎说：像我，还有在拉萨或者……哪怕在县城长大的学生，见过世面的自然懂得买卖是要钱的，可他们从人烟稀少的山区来的……所以，不是什么规矩都懂！"

　　"他们不懂得花钱买东西？"

　　老师们惊讶不已。

　　桑巴遗憾地摇摇头。

　　"这就难怪了！"白宝芝叹息，"被扰的商家形容我们学校收来一群野马驹子，不是信口开河了！我们是要驯服他们啊！但不能用鞭子抽打！"

　　"也不能体罚！"耿坚也亮出自己的观点，"中医治疗骨折有绝技，不上夹板，不打石膏，凭柔性推拿，让患者恢复健康——柔性康复。我们管学生，也得以柔克刚……哦，也许他们不是刚性，是野性！"

　　耿坚是哲理之言。

　　周卫红暗暗佩服耿坚，暗暗拷问自己：眼睛只盯着课文还不行，还有"文化内涵"在课本之外啊！

4. 我们要负起爸妈的责任

"我们今天开个群英会！"白宝芝主持西藏班全员老师参加的会议，"讨论的主题是我们怎样当好西藏班老师！"

在场的领导老师们参加教学会议是很正常的事，但参加这样议题的会议还是破天荒的第一次。

大家你望望我、我望望你，没人首先开口。白宝芝宣布会议开始之前还议论纷纷的会场，顿时变得鸦雀无声。

王英憋不住了，脸儿一扬："都不肯开口，我说！"

白宝芝见状抬手鼓起掌，大家也就跟着拍拍巴掌，把目光投向王英。王英干咳一声，说："当老师的，哪个不想自己的学生个个优秀、人人成才，学生在外边出丑，我们当老师的脸上也无光是吧？"

周卫红指点着王英，"这个道理谁不明白？今天要讨论的是我们怎么办！"

"我们怎么办？"王英把皮球踢给周卫红，"你是文科秀才，你来阐述。"

周卫红笑笑，没有作声。白宝芝问耿坚："耿书记是做人的思想工作的，你谈谈嘛？"

耿坚正美美地吸着刚上市的荷花牌香烟，被主管的副校长点了将，忙把吸剩下的半截香烟掐灭，说："过去，是学生看老师眼色，今后，我们得看学生的眼色行事、下功夫了！"

见耿坚不再说话，王英揶揄他："烟鬼呀？说句话应酬应酬，好接着抽剩下的那半截烟呐？说完了再抽！"

白宝芝冲王英打个手势，说："耿坚一句话说到点子上了！是啊，我们要根据学生的特点想办法，既做像他们爸爸妈妈那样的工作，还得是他们灵魂的工程师！"

"灵魂的工程师？"

这个提法新颖。有人暗暗琢磨：这个词儿怎么用到我们当老师的身上了？

"是啊！"白宝芝接着谈自己的考虑，"俗话说环境可以改变人，在某种程度，人也可以改变环境。我在考虑，就得下决心改变眼前的环境状况，而关键之举就是帮助落后学生提高思想认识。"

"对对对！"大家应和，却不是敷衍。

5. 老兵的关爱：民族团结情义真

万事开头难。开办西藏班，难处显而易见。想想革命前辈浴血奋战打下红色江山的历程，眼前的困难算得了什么？抗日救国，锄奸兴邦，战士要的是杀敌立功；和平年代，升官发财苟求工作安逸，容易侵蚀人们的头脑——我们西藏班的任课老师则"反其道而行之"！

——以上，是白宝芝那次会议后写在笔记本的几句话。

当务之急是在预科课程中普及普通话，为了使藏族学生尽快掌握普通话，白宝芝向老师们提出了要求：除了在课堂上施教，课外要和藏族学生们打成一片，这样，不但可以增进感情交流，更能让孩子们尽快掌握生活用语的普通话，不必频繁请藏语老师来翻译了。

星期天不休息，几乎成了西藏班老师们的常态，白宝芝也不例外，不是给学生们上课，而是"被逼无奈"——为尿床的小学生晒被褥、教学生们叠被子、疏导爱捣乱的学生的情绪、为生病的学生买药服药等等"闲杂事"也成为老师们的"功课"了。还有,在西藏班出入口值班,也成了老师们"雷打不动"的了。

今天,是白宝芝和桑巴以及两个班主任周卫红和姜慧杰的轮值日。周、姜主内(和学生们在一起),白宝芝和桑巴主外——在西藏班出入口盯着进出的学生,一者及时处理学生在校外的突发事件,二者记录核对学生进出人数,只要有一个学生外出没返校,就得出去寻找;半夜有学生没返校,他们就得到街上四处去寻觅——录像厅或台球馆是必查找的地方,彻夜不归的事三天两头就发生。

望着南飞的雁阵,白宝芝不免感慨:"大自然真奇妙!就说这天上飞的大雁,一会儿排成一字,一会儿排成人字,像有纪律约束似的!"

桑巴听了,也朝天空望去,说道:"有的学生确实有些蛮横、狂野,感情生硬,这与他们小时候的生活环境有关。老师们辛苦了!"

"辛苦不算啥——人生在世,图个安逸不作为有啥意思?"白宝芝淡然一笑,"您也辛苦了!"

"应该的应该的!"

确实,在预科班,桑巴是个大忙人,里里外外离不开他。

说话间,桑巴发现一位穿警服的中年人朝这边走来,脸色一紧:"白校长,警察来了!是不是那天学生打架的事还不算完?"

定睛一看,果然有一位民警向这边走来,看那神色就是冲着西藏班来的,白宝芝心里一紧,便上前打招呼:"警察同志,您好!"

"您好!"民警扬起胳臂和白宝芝、桑巴握手,"我是公安分局的王晓龙,来西藏班看看。"

"欢迎欢迎!"白宝芝做自我介绍,"我是师院附属中学副校长，主管西藏班。有什么指示请讲。"

王晓龙坦然笑着道："不是来指示什么的，歇着没事来看看。啊，我是从西藏边防军退役的转业军人，在咱们辖区分局工作。早就想到这里看孩子们——今天有点时间，过来看看！"

"太好了！"白宝芝听了心情有些松弛，"欢迎欢迎！"

王晓龙道："校长神情不对，是担心我来为那天的事问责的吧？"

白宝芝表示歉意："出了问题，又是治安问题，公安局来调查处理，天经地义，我们积极配合。"

王晓龙"呵"一声，打量着"藏在"一片村舍中的西藏班校舍，说道："我琢磨着，以藏族的孩子们的脾性，他们初来乍到，还不适应新的环境，得慢慢教育、引导他们啊！"

"谢谢王局长理解、厚爱！"白宝芝有些激动，"我们到屋里坐吧，慢慢聊。"

"好！"王晓龙和白宝芝、桑巴握握手，"给老师们添麻烦了！"

"警官同志把话颠倒说了！"

寒暄之后，白宝芝叮嘱值班的人"我们回来之前对学生们只进不出"，便和桑巴陪同王晓龙往里走。王晓龙边走边打量着，有感而发："校舍是简陋了些，但比起孩子们家乡的环境，要好多了！"

"是吗？孩子们家乡的教学条件还不如这个？"白宝芝问。

王晓龙点点头："是啊！"

来到校舍租用的四合院，王晓龙打量着自由活动的西藏班孩子们，两眼流露深情，用藏语和孩子们打招呼："（用藏语）同学们好啊？我来看你们来啦！"

王晓龙的声音起到了震耳欲聋的效果。院子里玩耍的学生们见来的穿警服的中年人用藏语和他们打招呼,几乎同时停住活动——如蒙太奇定格,刹那间变成了一群塑像!

"愣着干啥?"王晓龙笑眯眯,"你们接着玩,继续玩!"

一个叫索拉的男生胆子大,打着手势、用还算流利的普通话问王晓龙:"你在说我们?"

"是啊!"王晓龙上前,一只手搂着索拉的臂膀,另一只手抚摸着索拉的头颅,"能吃饱吗?喜欢这里的饭菜吗?"

索拉大眼睛仰望着王晓龙点点头。王晓龙问:"带我去看看你们的宿舍好吗?"

没等索拉回答,一旁的四郎顿珠(化名)抢先答应:"我和他住一起,在这边!"

王晓龙笑用藏语冲四郎顿珠点点头:"好,头里带路!"

四郎顿珠转身往宿舍走,王晓龙拉着索拉的手紧随其后。看在眼里的白宝芝心里顿时泛起一股热流,暗暗自忖:为什么王局长不费吹灰之力就得到学生们的青睐?

更令白宝芝羡慕的还在后边呢。当王晓龙在白宝芝以及在西藏班执勤的周卫红、姜慧杰的陪同下来到女生宿舍时,女学生王兰把准备好的一条洁白的哈达想献给王晓龙。王兰没有说话,而王晓龙说话了:"谢谢你小朋友!"

"不谢!"王兰笑含羞涩,"谢谢警察叔叔!"

王晓龙道:"我现在是警察,原来是西藏的一名边防军,人离开西藏好多年啦,可梦里常回西藏……"

"谢谢叔叔!"王兰听了两眼发光。

听到白宝芝和周卫红以及姜慧杰耳朵里的好似是政治术语,感受到的却是暖暖深情。白宝芝对王晓龙道:"孩子们喜欢您,您给孩子们说几句话吧!"

王晓龙答应白宝芝的请求，对学生们道："我给你们说说我最不能忘的西藏故事好不好？"

"好！"

学生们应呼着，向王晓龙围拢过来。

此时的王晓龙像参加一场家庭聚会那样随和、和蔼可亲。

"同学们，我离开西藏已经十个年头了，可是，我每天都牵挂着那里的人民和战友。你们看！"

王晓龙举起左手给大家看。学生四郎顿珠惊呼："叔叔，您的手上少一根手指头！"

王晓龙道："是啊，少了一根手指头。一伙外军闯过边卡，并挥舞着匕首行凶！他们伤了我的手，我一拳就把他打下了山谷！"

"好！"

"向解放军英雄学习致敬！"

孩子们有的喊普通话，有的喊藏语，情绪激昂、振奋！

王晓龙也激动起来："当地居民得到我负伤的消息，纷纷到部队医院看望，带去了酥油茶，向我献哈达，其中一位美丽的姑娘对我有了特殊的感情，后来，就成了我的妻子！婚礼上，战友们半开玩笑说我'丢了一根手指头，得了一份爱情'！我心里甜呀——藏汉一家亲，民族团结永不离分！"

大家静静地听着，像铁钉被磁铁吸住一样，一动不动。王晓龙对孩子们道："今天是星期天，我们放松放松。来，大家跳起来唱起来！"

说着，顺手拉起身旁索拉的手，催促孩子们："跳起来啊？"

周卫红不失时机地打开随身携带的微型放音机，孩子们伴随着音乐旋律边跳边唱，熟练地组成一个圆圆的队形在院子里缓缓转动着，展现着原汁原味的藏家舞姿……

6. 冬去春来，冰化雪融花满枝

世间没有清除顽疾的灵丹妙药，但人的情感世界真的很奇妙，或者说精神的力量是无穷的——警官王晓龙一次"探亲"，令西藏班的学生们眉开眼笑，仿佛回到了家乡的亲友中间！

王兰在当晚的生活会上吐露了心声；索拉不流利的普通话让白宝芝动容；而那惹事的两个学生也知道了买东西要付款！

一年之后。

城外滹沱河里的坚冰被春风融化了，碧水蓝天之间，柳绿花红，游人如织。王英和耿坚，还有接替桑巴的藏语老师丹嘎（化名）带领西藏班的学生们来游春，成为滹沱河景区一道靓丽的风景——一群排成长队身穿藏袍的孩子们引起人们的关注。

富有音乐细胞的王英触景生情，嗓子发痒又不能独自吟唱，便和耿坚、丹嘎嘀咕一下，然后把班长索拉和王兰叫到身旁，微笑着问："你们看，这儿多美！同学们唱起来跳起来呀？"

王兰瞅瞅索拉就笑，不无俏皮之意："我心里早痒痒啦！"

索拉不假思索："行！"

王英高兴地道："好！前边不远有个林间广场，我们到那儿停下来，开心娱乐一番！"

索拉和王兰应声归队，告诉"排头"的两个同学"前面广场停下来"，"排头"的同学不解地问："春游这么快就结束啦？就要回校吗？"索拉道："不，我们到那儿跳舞娱乐！"

"真的？"

"老师说的，还有假？"索拉兴奋，同学们个个高兴：他们都有即兴起舞的天性。

林间广场的奇葩马上引起游客们的兴趣，还以为是哪个演出团队彩排节目或者影视公司拍摄外景呢！旋律是那样熟悉，可歌声有点儿特别。

　　五星红旗迎风飘扬
　　胜利歌声多么响亮
　　歌唱我们亲爱的祖国
　　从今走向繁荣富强
　　歌唱我们亲爱的祖国
　　从今走向繁荣富强
　　翻过高山跨过平原
　　跨过奔腾的黄河长江
　　宽广美丽的土地
　　是我们亲爱的家乡
　　英雄的人民站起来了
　　我们团结友爱坚强如钢
　　……

　　走近看就明白了——凭他们的装束就知道是藏族儿女了！边歌边舞的藏族风情，是多数游客们第一次直面感触，而且不用花昂贵的门票就能欣赏。游客们热烈地鼓掌欢迎；西藏班的学生们兴致勃勃；几位老师脸上有光，一扫"商铺事件"给大家带来的纠结和阴影！游春返校的大巴车上，学生老师有说有笑，老师王英吟唱的河北民歌洒满一路，荡漾在燕赵大地这座年轻的城市的城郊和通畅的大街上：

三月里来是清明

姐姐妹妹去呀么去踏青

捎带着放风筝咿那么呀呼嗨

……

耿坚听得入迷，冲王英挑挑大拇指，称赞王英唱得好听，又说："你该教学生们唱河北民歌《歌唱二小放牛郎》，学生们需要爱国主义教育。"王英流露着喜悦，说："行。还别说，通过音乐也能打通心灵！"耿坚感慨："从某个角度讲，生活中蕴含着思想的娱乐，更容易让孩子们接受。"王英自豪起来："那是！哎哎，我们要通过娱乐途径向学生们输送正能量的东西，不让那些发黄的、满是铜臭的东西浸淫我们的学生！"

藏语老师丹嘎"喊"一声，用藏语悄声嘀咕："我们藏族的学生就要唱自己民族的歌，唱什么二小放牛郎？这里的放牛郎和西藏的放牛郎不一样是奴隶？"

耿坚则解释道："王老师说得有道理！我们要把西藏班办成一块教育净土，让孩子们像青藏高原上的格桑花那样美丽纯洁！"

兴高采烈的学生们没有注意到两个老师不同的声音，而是陶醉在通俗易懂的旋律之中：

牛儿还在山坡吃草

放牛的却不知哪儿去了

不是他贪玩耍丢了牛

那放牛的孩子王二小

九月十六那天早上

二 面对陌生和乱象，大家手足无措又纠结含情

敌人向一条山沟扫荡
山沟里掩护着后方机关
掩护着几千老乡

正在那十分危急的时候
敌人快要来到这个山口
昏头昏脑地迷失了方向
抓住了二小要他带路

二小他顺从地走在前面
把敌人带进我们的埋伏圈
四下里乒乒乓乓响起枪炮
敌人才知道受了骗

敌人把二小挑在枪尖
摔死在大石头的上面
我们的十三岁的王二小
英勇的牺牲在山间

干部和老乡得到了安全
他却睡在冰冷的山里
他的脸上含着微笑
他的血染红蓝蓝的天

秋风吹遍了每个村庄
它把这动人的故事传扬

每一个老乡都含着眼泪
　　歌唱着二小放牛郎
　　歌唱着二小放牛郎

　　随着歌词里故事的进展，从王英歌喉里发出来的声音充满了悲壮和悲痛！经过预科班的学习进度，同学们已经不但听得懂也能某种程度上驾驭普通话了。从王兰眼眶里饱含着的泪水，团委书记耿坚看到的是心灵的贯通；而甲央"失控"的一阵呜咽和感情流露，更令耿坚欣慰：用汗水和心血浇灌的一支格桑花已经蓓蕾待放了！

7. 犹如桀骜不驯，令老师惶惑

　　父母般的示爱，无微不至的体贴关怀，老师和学生的"距离"缩短了、贴近了。既有家的温暖，又有纪律的约束，西藏班的学生们渐渐步入规范的教育环境里，违反纪律的现象少了，学习的风气日渐浓厚。根据教育部的部署，每年都要接受新的藏族少年入学，河北省教育厅批准附属于师院附属中学的西藏班独立办学，成立河北师范学院附属西藏学校，并划拨教育用地，拨款建设校园——红旗大街南段的一条无名胡同里那两栋楼房就是西藏学校的"领地"。

　　俗话说"树挪死人挪活"，搬进新校区的孩子们心情更舒畅，行动更加活跃——有了属于自己的"家"了。

　　然而，"家"的感觉，是让学生们放松了对自己的要求，还是"人均占有面积"扩大了，一时无所适从？

　　而这个"家"已经不是租用的农家小院，是校舍，两座楼虽说平常，比之传统的农家小院气派多了。有校区小花园，有简易的操场、球场，有了学生餐厅——尽管餐厅的厨房是简易建筑，餐厅没有足够的餐台，晚到就餐的学生们只得站着吃喝，但避风挡雨的困境解决了。

令老师们头疼的是校园环境脏乱差。石家庄市开展创建卫生城，卫生检查团的成员们一走进西藏学校个个皱眉、纷纷批评：

"到处散落垃圾，怎么不打扫清理？"

"这是校园小花园还是野草地？放养羊啊、牛啊挺合适，就不用花钱到外边买牛羊肉了！"

走进学生宿舍，刺鼻的味道扑鼻而来，大家忍不住用巴掌捂住口鼻打量：大通铺上被褥凌乱、臭袜子脏裤头乱扔，拖鞋鞋子和塑料袋满地……

检查卫生的领导问责："学校的卫生状况怎么这么差？没人管吗？"

学校领导很是尴尬："从承办西藏班开始，我们费了九牛二虎之力，总算有了成效。现在有了属于自己的校园，学习条件好多了，'老'同学守规矩了，可新的同学不成呀！"

领导听了道："那要下功夫做好新生工作了。"

迎难而上的老校长有话说：看不见的"山头"要占领

1. 虽非临危受命，也非同小可

无疑，白宝芝、王英、周卫红等老师是有经验的教育工作者，从西藏班的筹备到开课，从杂乱无序到渐渐步入正轨的教育，白宝芝和王英、周卫红等老师们付出了艰辛的努力，也做出了突出的成绩，用局外人即商铺的老板们的话说，"总算把野马驹子给圈住了，不再出来横踢竖咬了"，就连商铺的大小老板们都清楚，我们的教育事业曾遭受过"文革"破坏，那是不堪回首的往事！"拨乱反正"之后逐渐恢复了学校的教育秩序。

老师们为西藏班开班付出的努力功不可没。

然而，新的领导面临着新的棘手问题。

可以说，校园是我们社会主义的家庭里最有生活秩序生活节奏和文雅礼仪的"净土"，而"藏"在胡同里、出入要经过农贸市场的西藏学校有苦难言——市场经济大潮涌入城市的每个角落，寸土如寸金，城市发展扩张的速度超乎想象，在师院附属西藏学校和集贸市场"夹缝"里出入的西藏学校"门不正"则路不直，师生进出不便，而犹如"藏在闺中人未识"的藏族学校，局外人很少知道红旗大街南段还"藏着"一家特殊教育的学校。

如何使西藏学校走向正轨，成了各级领导重点关注的事！

精选西藏学校校长提到议事日程上来，总之，要治顽疾，必须良医。

王惠民是一名富有教育经验的共产党员，他有全国名校石家庄第二中学教导主任和石家庄市第二十八中学校长的工作履历，有在西藏的学校援教历史，还有在西藏驻军平叛的历练，思想敏锐、忠诚可靠，请老将出马赴任西藏学校校长，是省教育厅经过酝酿、研究、调研才选定的。

当领导约王惠民谈话的时候，令他诧异又意外：自己就要到退休的年龄了，不久就可以和其他同龄人一样回家颐养天年了，怎么又调任师范学院所属的西藏学校去任校长？

和他谈话的人事处长见他诧异，并不做过多解释，而是对他说："你比我资格老，是我的前辈……这样吧，你自己先到西藏学校去看看，或许就理解组织上为什么让你去任西藏学校的校长了。"

"我自己先到学校看看？"

王惠民不明白人事处长为什么这样讲。

人事处长态度虔诚："我敬重您，相信您，才这样说。您去看看，有什么想法，我们再交流。"

从人事处长的神色里，王惠民揣摩着领导的意思：是不是给我留有选择余地？我去看看，如果感到不如意，就留在现在的岗位上等到退休好了！

第二天是周末。吃过早餐，几十年来珍惜夫妻感情、悉心照顾领导工作的老伴，一边收拾碗筷一边叮嘱他："今儿中午包你喜欢吃的羊肉馅儿饺子，早点回来！"

王惠民笑了笑，说："今天去的地方远点儿，又有事。你先吃，我啥时回来再给我煎煎吃。"

老伴问："去远点儿的地方干吗去？你既不喜欢游山逛水又不喜欢钓鱼打猎的！"

王惠民摇摇头："工作快一辈子了，从来正事就忙不完，哪有工夫玩那些？我去西藏学校……"

"啥？"老伴惊讶不已，"去西藏学校？那，我得给你收拾行李！这个季节那里不太冷，不用带棉衣，拿几件换洗的衣服就行了。坐飞机还是坐火车？"

"什么呀？不是去西藏，是到本市的西藏学校——就是我给你提起过的原来的西藏班那里。"

"哦！到那干啥？那里有你的老战友？"

"不是老战友，是新战友——哦，还不知能不能成为新战友！"

"我怎么越听越糊涂呀？"

老伴是没听明白。于是，王惠民说明缘由，老伴脸色一沉："我听说过，那个学校的学生可不好管了！你多大年纪了？再说，也算得上功成名就了，嗨嗨，我还等着你退下来，咱们到国内国外名胜古迹玩去呢！"

"我知道我知道！"王惠民边说边往外走，到院子里推起自行车出门而去。老伴望着丈夫的背影叹了口气："从黄花大姑娘起，街坊邻居都羡慕我嫁给一个军官好运气。是不赖，就是不能朝夕相处！当兵服役身不由己也就认了，转业当老师也这个样子，难得着个家！"

红旗大街两旁这几年建起了一座又一座新的校园：河北财经学校、河北中医学院、河北师范学院……数不清的校名校牌，就是不见西藏学校的牌子！

王惠民心里纳闷：明明告诉我就在红旗大街南段，怎么找不到呢？

功夫不负有心人，鼻子下面有一张嘴，终于问出来了——一家商户的老板指指一家小面馆说："看见那面馆了吗？从它和摆摊市场中间拐弯抹角往里找。"

自己在那儿走了两个来回，面馆和市场都很醒目，就是没见西藏学校的牌子在哪啊！

他相信商家的指点，终于，从师院附属中学和集贸市场的"夹缝"往里走，看到了藏在胡同里的校园的影子！

走进校区，王惠民眼睛都直了：眼前的三四栋楼房外墙颜色就不对，其他房舍也好不到哪儿去。墙边路旁杂草丛生，废纸塑料袋随地可见，还依稀有烟头瓶盖散落！而进进出出来来往往的学生们或打闹戏耍，或脏言恶语，操场上打篮球的同学间忽然发生冲突、甚至动起手脚的情景令他血管膨胀——好歹被裁判老师劝解开了！这里，全然没有二中、二十八中那样规规矩矩文质彬彬的景象。他在校园里转了几个来回，看不到自己满意的地方，不禁倒吸一口凉气：独一无二，在全市独一无二！

他的心冷了！

当他的目光游离在来来往往的学生，发现一名身穿藏袍的女学生，触动了他的神经，这是自己在藏区当兵服役参加平叛、在学校援学支教时常见的服饰，当年的情景浮现在眼前……

王惠民大脑里突然蹦出来自己的一问："党和国家为什么在内地创办西藏班、西藏校？"

他怔住了！

"经济落后必然文化落后；文化进步可以促进社会和经济发

展！而对青少年的教育至关重要！"

他又想到组织和领导为什么要一个就要退休的校长来此担当，为什么？

在回家的路上想，回到家还在想。老伴看出他的郁闷和不安，把煎好的饺子端上来，还给他斟上一小杯白酒："饺子就酒，越喝越有——现在，健康才是你的第一！"

王惠民听出老伴的话外之音，嘴上说"好好"，心里还纠结着自己该何去何从。喝了一杯又一杯，老伴不干了，把酒杯收了起来："行了！你当自己还是年轻的时候八两不醉呀？今后注意保健——咱们去旅行天下，没个健壮体魄哪行？"

午饭吃完已是明窗夕照，酒后的王惠民老老实实睡了一觉，第二天是周一，他骑上自行车来见人事处长，二话不说："我听从组织安排，去西藏学校卖卖力气！"

"好！"人事处长如释重负，和王惠民热烈握手，"遇到什么困难你说话。"

王惠民呵呵一笑，说了句令人事处长不无尴尬的话："唉，就是有了困难也轮不到麻烦你了……再见！"

"这个老同志真逗！"人事处长越想越乐，也明白了王惠民话的意思：人事处管安排干部工作，可不管教学中出现的问题！不管怎样，为西藏学校挑选校长的任务完成了！

走出人事处长的办公室，王惠民暗暗叮嘱自己：虽非临危受命，也非同小可：关系到西藏学校的命运、关系到几百名藏族学子的未来，开弓没有回头箭，继续努力干吧！

如何激励老师们振作起来敢作敢为？是王惠民考虑的首要问题：要改变学生不守规矩的现状，首先要改变教师们的自觉性和能动性！

2. 逆水行舟，舵手更要把握好方向

工作问题，不和组织讨价还价、不与家人谈工作事宜，是王惠民的一贯作风。当西藏学校"空降"一位老年的校长时，老师们没有惊喜，学生们也没有警觉——单位换领导，是常理，是司空见惯的事，不要说遇到困难的西藏学校，其他普通的学校也不稀罕。

可谁也没想到，新来的老校长一点儿都没有人们心目中那老人家的样子：做事雷厉风行不说，都这把年纪了，对该做的事都丝毫不含糊！

"治校先从教职员工治起；治学从每个人的使命感做起。"在由校领导班子成员参加的第一次校务会议上，王惠民开诚布公，"上级让我来，不是来混日子的，是和大家一起改变西藏学校面貌的！是让学生们懂得什么才是自己的前途：学习好的目的是使自己成长为社会主义有用的建设人才！"

王辉（化名）也算这里资格比较老的老师了，忍不住发牢骚："我们没黑没白地在学校守护他们，不是焦头烂额也是心力交瘁，把一群野马驹子圈住、好久没出大事就阿弥陀佛了！王校长，你来了就知道了：本来学校整顿的不赖了，可来一波新生就难免有那么几个难管的孩子，一块油搅得满锅腥……我越说越来气，不说了！"

王惠民"点评"王辉的发言："你是实话实说，我信。可是，出现乱象只是表面问题，找到出现问题的深层次原因了吗？还有，为什么不从自己身上——从我们老师身上找原因呢？"

王辉苦苦一笑："开会前大家议论：学生中有的被西藏骚乱

冲昏了头脑，需要我们帮助他们解开大脑里的那个'疙瘩'……从我自己身上找原因？大家都知道，我年年是模范教师，是大家评出来的，起码没犯过什么错误呀！"

王惠民一句话问得王辉张不开嘴巴了："如果是矮子里拔将军，和大块头群里的一般个头的人有可比性吗？"

大家愣愣地望着王惠民，显然，对校长的比喻不太认同：毕竟，从最开始的西藏班到后来的西藏学校，选拔来的老师不是精挑细选，也是慎重录用的，怎么用矬子里头拔冠军来形容呢？

王惠民确乎能洞察人心，接着解释道："我指的不是我们教师队伍教学水平低，正如人人共知的那样，是从教师队伍里挑选出来的优秀老师。我是说，大家对自己的使命感认知不足，故步自封。"

王辉又憋不住了："校长大人！我们怎么能不知道自己的使命感呢？把孩子们教育好了，成才了，为西藏的繁荣昌盛做贡献，我们不高兴啊？"

"要是教育不好呢？"王惠民问。

"教育不好？"王辉摇了摇头，若有所思，"那就是另外一回事了！"

王惠民紧接着问："那'另外一回事'的责任在谁身上呢？由学生自己来承担吗？在内地开办西藏学校（班），要的是这样的结果吗？"

王辉不言声了，耷拉下脑袋。

"是啊，比在其他学校工作难度大些。"王惠民面色严峻，"抬起头来，面对困难么！我们没有退路，也没别的咒念，要改变学校现状，从我们教职工做起，我来带头！俗话说环境可以改变人，那，我们首先从改变校园环境做起：省会在创建国家级卫生城，我们创建卫生校园，我们是师范学院附属单位，总不能给学院拉分么！"

"可我们的校舍质量、数量没法和师范学院比呀？"一向沉默寡言的一位女老师说了今天会议上的第一句话，也是大实话。王惠民哈哈一笑，说："你到马路边站着去观察路人，穿着干净利落的，不分绫罗绸缎和布衣，而区别于自己品位和审美意识。"

"对啊！"大家觉得校长的比喻很有趣，也有道理。王惠民的另一句话令大家茅塞顿开：

"乱在学生，根在老师！"

王辉终于明白了：新来的老校长思维深邃、思路清晰，不是庸才不是俗人！

"听校长的！"王辉晃动着拳头，"这下我也明白了：是开弓没有回头箭！"

由沉闷到放松心态，王惠民上任召集的第一次班子会议还算成功。

3. 对家庭主妇"先斩后奏"：因为"我是党的人"

王惠民在西藏学校上了几天班之后，老伴还是从别人的口中得知丈夫已经调到西藏学校任校长了！迟开的晚饭，拿起筷子端起碗就往嘴里扒拉饭的王惠民，被老伴的一句话差点把饭噎在嗓子眼里！

"你忒拿我不当回事了哈——我们是夫妻不？"

王惠民望着老伴发愣，嘴巴也停止了咀嚼吞咽。

"你说话呀！"老伴咄咄逼人的样子，是王惠民几乎没有体验过的。老伴逼问他："说呀！"

王惠民使劲把卡在喉咙的饭咽下，脑袋里揣摩着，问："有什么事，你这样鼻子不是鼻子脸不是脸的？"

老伴冷冷一笑："别装！我一辈子听你的，这回就和你摊牌：你当你的西藏学校的校长，我做我的旅游大侠——明儿我就去报旅游团！"

王惠民明白了。他沉住气，慢慢地夹口菜放进嘴里，慢慢地咀嚼，没有马上回应老伴，老伴更急了："从明天起，你自己做饭自己洗衣服，你自己爱干吗干吗，我走了！"

王惠民故作认真地问："你真的去旅游啊？不是说好了我退休之后一起去吗？"

老伴"哼"一声道："退退退，你驴年马月退呀？你以为我不知道呀？忘了省主管教育的领导说过的话了？凭你的工作能力和精神，退休了也不能闲着，到什么别的组织继续干！要是你在西藏学校干出个样儿来，那还有啥时间陪我去旅游？干脆，我自己管自己得了——就着现在身板儿硬朗，旅游去！"

老伴从沙发上"忽"地窜起来！

"哦！"王惠民边吃边说，"理解，理解！哎，你到外边旅游，俗了！还不如等着，跟我一起申请随火箭上天转一圈哩，说不定还能碰见月亮上的嫦娥，你俩比比看谁漂亮！"

老伴忍不住"噗嗤"一声笑了："去你的——我知道自己长得怎么样，再像回事也不敢和人家年轻漂亮的嫦娥比呀！"王惠民摇摇头："那不一定——嫦娥多大年纪了？你以为她还那么年轻呀？她的零头也比你大好几十岁呀！"老伴更忍不住了："人家当兵出身的有几个你这样的？放下枪杆子、嘴皮子跟抹了油似的，穷逗！"

王惠民长舒一口气："我这一辈子不缺钱也没多少钱，可不缺精神财富，心里踏实，干好组织交给自己的工作就心满意足了！"

老伴听着，心软下来。丈夫说的话一点不假，自己就是他的见证人。冷静下来琢磨着：和这样的人生活在一起虽然没有富贵人家的享乐，确是清白安全心里踏实。是党的教育成长，他从服役西藏、参加平叛战斗、捍卫国家领土不受侵犯，又有西藏援学经历，对西藏人民有了感情，对藏族儿女也会有着和一般人不一样的亲近情。而王惠民的又一句话令老伴不再纠结不再抱怨。

"你是咱家的当家人，在家里听你的。为工作调动的事，对你来说是先斩后奏，错了吗？因为我不仅仅属于我和你，我是党的人！"

老伴不说话了，痴痴地望着王惠民。她心里清楚：这老头儿一旦下了决心，八头牛也拉不回他的！

4. 校长讲话一针见血：看不见的"山头"更要占领

西藏学校来了年纪偏大的新校长，引起教职员工们的议论猜测：既然敢揽瓷器活，一定揣着金刚钻儿！

王惠民首先和领导班子成员"叫板"："人心都是肉长的，可我王惠民铁了心：用我这把老骨头硬撑，大家摽起膀子来，劲往一处使，一定能撑出一片新天地来！"

有着军人磨砺、有着名校领导经验的王惠民要演"老兵新传"？有人望着豪气十足的王惠民，心里暗暗揣测："凑合"过的日子真要结束了！

"大道理不用我多说吧？你们比我学历高，知识广！可是，有一点是明摆着的：我们和其他兄弟学校的老师责任不尽相同，是什么？"

"凝聚民族团结精神！"有人发言，"这都是我们这里的'老生常谈'的话了！"

王惠民"嗯"一声，接着讲下去："我们要占领一座看不见的'山头'，铸牢民族团结之魂！"

"看不见的山头？"

席间发出莫名惊诧的疑问声。

王惠民慷慨陈词："这座'山头'就是教育青少年的高地——我们来占领它，还是放任资产阶级去占领？搞清楚这一点，你还有什么其他的值得吝惜的？"

振聋发聩！或许大家感到意外：行伍出身、没有高学历的学校领导者竟有自己不具备的格局、没能认识的高度！

"国家部署内地举办西藏班教育为什么？我有思考：我们是多民族的国家，民族大团结是新中国的国策，而西部省份相对落后，要跟上祖国发展的脚步，培养好接班人很关键。还有，要挫败西方反动势力妄图撕裂我国版图的罪恶行径，为保江山社稷长治久安，希望，包括我们学校在内的西藏班青少年！"

"校长，您说得太好了！"张姓的老师表示，"前一段时间学校里出现的乱象让人心痛！我们团结奋进，占领西藏学校这座'山头'！"

"振作起来，让学校大变样！"一位女老师也情绪激动了，"王老，您放心，我们一个也不'掉链子'！"

王惠民打趣地用目光在自己身上搜索，幽默地一乐："你是王老？你老了吗？"

大家见了开心地笑起来。张姓老师拳头冲上一挥："我们抢在老将前头！往前冲！"

会议室里又是一阵欢笑声。

5. 榜样的力量是无穷的，学生带动学生很奏效

　　课外活动时间，奔向操场球场的学生们发现老校长和学校领导们除草的除草，清垃圾的清垃圾，纷纷停住脚步看新鲜，机灵一些的学生如索拉、王岚，转身过来参加大扫除。接着，更多的人参与到大清扫行列中；其后一周内，西藏学校校园里奏响了美化校园协奏曲：

　　——校园各个角落都有师生在大扫除，有的在拔掉墙根路边的杂草，有的把除草后的浮土用砖头拍实，有的捡起散落的垃圾后入筐归类，有的把归类的垃圾装上三轮车往外运，有的在擦门窗玻璃……

　　——王惠民在男厕所用拖把墩地，学生扎西跑过来抢校长手中的拖把接着墩起地来，另一个男生拿着刷子进来清洗便器。王惠民用小毛巾擦着脸上的汗水，面露欣慰。

　　——周卫红和另一名女老师在女生宿舍同学生们一起整理床铺叠被窝，做到整齐划一。气氛很是融洽。

　　——郑立和另一名男老师在预科班男生宿舍整理宿舍卫生，被同学们起外号叫小熊猫的学生躺在铺位上，用巴掌半挡两眼窥视着进来检查的老师。郑立上前询问，"小熊猫"手捂肚子示意嗓子疼。郑立伸手去摸他的额头道"不发烧呀？"却被一股难闻的气味熏到，试着伸手探进被窝里，猛地缩回手来，轻轻推开小熊猫，把被子撩开——褥子上是尿液浸湿的爪哇国"地图"！郑立耐心教育小熊猫"不要自欺欺人"，并亲自把尿湿的被褥撤下来，

拿到阳光下去晾晒。

——一个星期课外活动时间的卫生"运动",校园的脏乱差现象不见了,到处干干净净整整齐齐。王惠民和学校领导班子一起验收。大家无不欣慰,耿坚发现校长王惠民突然眉头紧锁,问:"王校长您哪不舒服?"

王惠民点点头,"啊"着应了一声。

大家听了关切地打量着校长,郑立问:"哪儿不舒服?我陪您上医院看看去!"

王惠民故作冷峻的样子,摇摇头:"医院治不了啊!"

一位女老师吓一跳,不禁出声:"啊?到底什么病呀?医院都治不了?"

耿坚抱怨校长:"校长,您毕竟不年轻了,就别事必躬亲了!你下令,我们干就行了!"

王惠民这才说道:"我这不舒服,是心病!"

"心……您有心脏病?"

王惠民往前走,回首甩下一句话,大家先笑后惊:"我们的外部环境干净了,内部环境——窝在学生心里的不健康思想意识清理干净了吗?"

大家面面相觑,似乎明白了校长指的是什么!

"抓紧做个别学生的思想工作!"王惠民话语铿锵,"在原则问题上,一丝一毫也不能含糊!"

四

爱、严、细"三字经",字字珠玑,敏行讷言

1. 严,彰显中华风

经过几代人的努力和主题(教学主旋律)熏陶,天天向上的西藏学校随着河北师范学院与河北师范大学合并,原西藏学校更名为河北师范大学附属民族学院,学院含有多个学科,设有大专预科、大专班和西藏高中班,也就是说,为大学输送少数民族生源为使命的延续和升华,而任课藏族高中班的老师们清楚:尽管少数民族学生考取大学会得到国家政策的照顾,重在素质教育的同时也不能忽视本本教育成绩,毕竟,学分始终是通过应试教育迈向一个新台阶的"基石"。

面对高考试卷,阅卷老师的笔头就是为试卷打分的天平,失重的那道题,或许就会影响到考生的名次,甚至名落孙山。虽然从这座学校毕业的学子们绝大多数都能升入高等学府继续深造,而希望自己的学生多多跨进重点名校大门,是每个老师所期盼的,也是校园蓬荜生辉的无形资产之一。

紧迫感激励着民族学院的老师们。被学生赠送绰号"哨子"

的西藏班班主任老师刘雪杉对学生要求严上加严，在治学路上起到了独特作用。

让我们走进他与学生们的那个感人肺腑的故事里。

1992年大学毕业，刘雪杉被分配到民族学院的前身担任体育老师。或许与应试教育下的高考制度有关，考场上没有体育考试科目；在综合大学里，体育课不被视为重点学科人所共知。当然，体育老师则不必像其他学科的任课老师那样时时紧绷着头脑里的那根弦！

刘雪杉不然。他当然清楚体育课在学院教学天平上的分量，但他关注的是孩子们的健康，健康是努力学习、获得好的学习成绩的保障。当他发现学校早操课不规范的时候，非常为学生们的身心健康担忧，进一步观察又警觉起来：如此下去，不但牵扯到学生们的健康问题，学习纪律、学习成绩甚至思想觉悟都会受到影响——或许大家没想到也没认识到！

怎么办？

他向学院领导谈了自己的忧虑，得到领导的赞同，开始在校园推行严格的早操活动。他亲自动手打印通知并张贴到校园多个醒目的地方：全体师生从下周一起按时起床，以班为单位集体集合，六点十分到六点半上早操。

周一早起，一身运动装的刘雪杉来到操场一看，操场上只有稀稀拉拉的散落人群，这哪里是上早操呀？有的手捧课本在大声朗读，有的在伸胳膊蹬腿自由活动，有的在耍闹……刘雪杉告诉在场的体育委员组织大家跑操，自己招呼在场的老师，请大家分头到宿舍催促没到场的学生来上早操！

来到一间男生宿舍，推开门，眼前的一幕令刘雪杉错愕不已：有的学生正慢腾腾地穿衣服，有的学生躺在被窝里看书，有的还在睡大觉！

"起床！"刘雪杉气不打一处来，"没看到通知吗？怎么回事？"

无论是正穿衣蹬鞋的学生，还是躺在被窝看啥书的学生，依然我行我素！

刘雪杉的火爆性子一下子蹿起来，走上前去把一个正睡着的学生的被子撩了起来，那个学生洛桑（化名）瞅瞅刘雪杉，懒洋洋地："老师！我昨晚失眠了……再睡一会儿，还早呢，我不耽误去上课还不行么！"

"上早操不是课程之一吗？"刘雪杉质问着。洛桑做个鬼脸儿："上不上早操没关系，反正我不像你似的喜欢体育，将来不考体育系！"

"你……"

刘雪杉怒不可遏，一时难以和他讲什么道理，一把扯住洛桑的一只胳臂往床下扯。洛桑似乎有了和老师对抗的勇气，一边挣扎一边抗议："老师你拉扯我干什么？我就是不上早操！"

刘雪杉批评洛桑："故意不去，就是违反学校纪律！"

"违反就违反，就是不去！"洛桑挺执拗。

刘雪杉再也控制不住自己，一把推倒洛桑，喝道："回头再找你算账！"

宿舍里其他的学生见事不好，纷纷往外跑。刘雪杉隐约听到有个学生在宿舍外边惊呼"老师打人了"，冷静一下自己，对洛桑道："我刚才行动过火，是我的不对，向你道歉！可我告诉你：我绝不容忍违反纪律的现象存在下去！"

显然，启动早操不顺。但刘雪杉没有灰心丧气。他把学生会的成员召集到一起，和他们阐述了上早操的意义，还提醒他们哪个学校不上早操？上早操是教育部规定的中学生必修课程，既为了学生的健康，也调节学习压力能更好地学习。

先引导学生会的学生干部示范带头！

学生会的学生干部，是学校领导的学生工作的助手，是从学生群体里推选出来的学生精英，也是最听话的学生。第二天早起，全部学生会成员按时起床到操场集合，刘雪杉喊着响亮的口令和大家一起做早操。跑步嘛，人人都会；经过训练的学生"重操旧业"，又是体育老师的"别动队"，比天上的飞雁队形还整齐，像练兵场上的战士那样精神抖擞。操场上各班集合跑操的同学们看了都有新鲜感似的，顾不得自己脚下的节奏，纷纷鼓起掌来！

榜样也是一种呼唤的力量。没等刘雪杉实施第二部"战略"，即从班小组长抓起，听到哨声一响，以班为队的学生们就会井然有序地来到操场跑操，其中也有那个曾经赖床不起的洛桑。

哨子一响，就会触动学生们那敏感了的神经。吹哨，成了刘雪杉雷打不动的规矩。是绰号还是雅称？"吹哨人"的桂冠戴到了刘雪杉的头上。

俗话说严师出高徒。多少年后，刘雪杉随团到西藏考察，一个身穿警服的帅小伙来看望他——正是那个学生洛桑。洛桑把一个大大的精美的礼品盒递给刘雪杉。刘雪杉婉言谢绝，说西藏人民的生活还不那么富足，请洛桑留着自己用好了。洛桑十分激动，说："刘老师，没有您当年的管教就没有我的今天。这是我的一点心意，您一定收下！"

刘雪杉瞅瞅又大又精美的礼品盒说："那……我也不能收下你这么贵重的礼物啊！"

通常，送给贵宾的礼物、用如此精美的盒子，不是冬虫夏草就是其他奇货山珍。

看洛桑就要不高兴的样子，刘雪杉试着打开礼品盒，看看是什么再说。小心翼翼地打开一瞧，是一套衣服。刘雪杉惶惑了。

"老师，不喜欢吗？"洛桑问。

"不是……给我的？这个我也穿不了啊！这么小！"

洛桑很是认真，解释说："这是给您的孩子的！"

刘雪杉听了忍不住哈哈大笑，说："我孩子也穿不了呀！"

"你孩子两岁不到……怎么不能穿哩！"

考察团的同行人笑得流泪："你上学的时候刘老师的孩子两岁，你离开学校当上警察多少年头了？刘老师的孩子现在还是两岁呀？"

洛桑这才恍然大悟，拍着自己的脑壳"卖后悔药"："瞧我这糊涂蛋！嘿！"刘雪杉乐呵呵地道："好好，这个礼物我收下了！"

刘雪杉收下的"不是"一套童装，是珍贵的延续着的师生情，也是师生身分而神不离的一个见证。

大家笑着，刘雪杉心里一阵翻腾：朴实有时容易执拗；冲动往往会失去理智。而时间老人会把生活的真谛告诉你！

2. 细，更见真情见成效

民族学院琳琅满目的"补壁"的艺术品、书画作品，和王冬剑老师有不解之缘。还可以说，王冬剑是和民族学院续缘——她从本院中师班毕业留校，开始了她的教育生涯。

王冬剑的家乡乃是历史名郡涿鹿，那是一个历史文化积淀深厚的地方，也是中华民族的发祥地之一。《史记·五帝本纪》载

"黄帝与蚩尤战于涿鹿之野";著名历史学家顾颉刚教授所著在《中国上古史》中说"千古文明开涿鹿",延续考证的历史遗存多不胜数,世人皆知的近代文明影响着涿鹿后人——得益于这些,文化底子扎实的王冬剑成为学院教师队伍中的才女:书法、绘画、剪纸都有所涉猎,在教学过程中得到淋漓尽致的发挥。

能够淋漓尽致发挥,除了她具有的艺术细胞之外,还得益于她的艺术创作精神——对细节的雕琢,也融入教学工作之中;心细,贯穿于她的教学的方方面面。

西藏班的学生有少思考、多行动的特质,引起王冬剑的注意。但说书法,笔墨纸砚一个也不能随意;坐姿握笔不能走样;心笔合一、气顺神定才入书法境界。但口头说教不能奏效,怎样开动学生的脑筋让学生们"入门",王冬剑先动了自己的脑筋!

班主任兼上书法课的王冬剑,决定从生活细节着手。在她的创意引导下,晾干了的抹布成了启发学生们动脑筋的道具:把要收拾起来的抹布叠成了方方正正的被子状,王冬剑不失时机地给学生留言"你们真棒"予以鼓励,几天之后,到宿舍检查卫生,每个宿舍竟"千篇一律":每个铺位上都整整齐齐摆放着一模一样的"豆腐块"!

"被子叠得好整齐!"王冬剑由衷地赞赏,并自掏腰包到校外市场买回便签,写上鼓励学生们的话语,张贴到学生宿舍门上。这样的行为饱含着童趣,饱含着爱意,拉短了师生距离,也找到了学生脑筋开窍的一个捷径。秋天来了,大雁南飞、梧桐落叶——树叶又成了王冬剑可以作"文章"的"道具":把挑拣回来的落叶清洗干净,在叶面签上鼓励的词句赠给有进步的学生,画漫画送给适逢生日的学生,潜移默化之中,和学生们增进了感情,也促使学生敲开了艺术细胞之门。有的学生对叶子爱不释手,甚至还收藏起来——这是不是一箭双雕呢？

学生们爱上了书法、绘画和民间艺术，天赋加勤奋创作出的作品吸引了师生的眼球，来院考察的政府领导、艺术名家看到男女宿舍的"艺术墙"给予赞赏：源于生活，反映生活，立意好。

让我们在这里欣赏一下她们的艺术结晶：

——昔日男生宿舍的白墙焕然一新——一进宿舍迎面让到访者震撼：张贴在两面墙上的艺术作品琳琅满目，有（师生）书法作品，有水墨丹青，有剪纸粘贴画，有用生活中的废弃物制作的艺术品……只有到访者想不到、没有师生做不到的，而这一切都令到访者感受到老师王冬剑的良苦用心。古有王冕以树枝就地画荷成才，今有王冬剑携学子就地取材走艺术创作之路，成绩斐然，而功夫不负有心人，他们的作品得到了社会认可。请看：

河北省图书馆和石家庄市档案局珍藏了他们的作品；

中央电视台央视画廊栏目向全国观众展示了师大附属民族学院师生们的画作，并赞扬了他们的艺术创作精神；

人民网、东方头条、今日头条、百度、搜狐、新浪纷纷向世人推介他们的作品和民族团结之风；

石家庄学习强国活动不失时机地把他们介绍给人们！

……这样的事例不胜枚举。我们再逐一欣赏他们的几件艺术作品。

——以国而论，首都北京天安门是人们向往的地方，高挂天安门城楼的毛主席画像犹如一颗不落的红太阳；布达拉宫，是西藏人在藏传佛教熏陶下崇尚的地方。伴山而立，宏伟硕大本身也是建筑奇迹，是中华民族文化结晶之一。王冬剑策划创作这幅艺术作品，对于民族文化的融合和民族团结起到了积极作用，令西藏学子们有了家的亲近感；

——墙上的书法作品令人惊叹：西藏高中班的学子们能写出如此中规中矩的书法作品实属不易，彰显了老师王冬剑教育学生"全面发展"的教育理念，也为发现"特长生"、激励学生一专多能发展提供了契机；

——师生共同创作的三十米长卷"石榴花开别样红"乃是师生艺术造诣的集大成者，得到社会各界的好评；

——瓜子皮粘贴画雄鹰。如果你不上前仔细观摩，看不出它是用废弃的瓜子皮粘贴的画作，还以为是水墨丹青。为了声援被疫情侵袭的武汉市和从全国各地奔赴江城抗疫的人民解放军、白衣战士们，王冬剑和她的学生利用五个小时的时间精心创作了这幅雄鹰图，发到互联网慰问在抗疫第一线的英雄和武汉市民，收到了千万点击量的回赠，也因此激励了参与创作的学子们。

这样的艺术生活看做"业余"的话，王冬剑的许多作为也可以看做是"业余"的：她发起并组织了艺术社团格桑书画社，每逢节假日会开展艺术活动，譬如每年三月五日的学雷锋纪念日，不但组织艺术创作，还会带领学生们上街举行学雷锋活动；春节到了，带领学生们到社区给市民写春联；有机会还会和学子们一起做慈善活动，关爱困难群体……她注重和学生感情交流：当生活老师的时候她"别出心裁"地不定时定点来到学生们中间，带着孩子们喜欢的小食品分给大家享用；夏天，她把刻上"珍惜"两字的大西瓜由班长负责分食给大家。她也启发学生们的慈善理念，那次自己拿出精心创作的11件作品以及学生精心挑选的5件作品捐赠给战斗在抗疫第一线的英雄们，社会反响强烈。学院外大街上的商户们也态度大变，评论道："刚开始里边有的'野马'撞槽出来横踢竖咬，如今出来的是小菩萨做善行！"

——制作出的艺术作品，能起到判卷看分数起不到的效果。

从某个角度讲，学生家长关心孩子的考试分数，并以分数判优劣。发生在旦增赤列母子身上的故事令王冬剑欣慰：当新冠肺炎疫情发生在石家庄的时候，旦增赤列远在西藏的母亲担心儿子的安危，极力要儿子回家"避难"，当儿子想好了措辞要向母亲诉说学院如何安全的时候，令他感到意外的是母亲电话里告诉他不用回家"避难"了！

为什么？母亲说出了自己释然了的秘密：她在网上发现了旦增赤列的艺术作品！一切都正常，还要儿子回家避什么"难"呢？

是的。而真正让母亲放心了的是通过儿子的作品感受到儿子安全且学习环境很健康，远在京畿大地求学的儿女们享受着在家一样的母爱！

……

心系学子，情萦校园——王冬剑就是这样无私奉献给教育事业和藏族学子的普通教育工作者。而师大附属民族学院享誉京津冀和西藏高原，就是由王冬剑式的教职员工用心血和感情哺育出来的结晶。

这些作品还反映了什么呢？最能反映出素质教育的成果，学生学以致用的本领，以及学子精神面貌的变化和情操的升华。

这些作品又折射出了什么呢？

笔者认为，尽管有的作品还显稚嫩，从它的立意和内涵，我们同样感受到了民族文化的融合和传承。同时也令人欣慰：我们的民族不但后继有人，更望青出于蓝而胜于蓝，在民族崛起、中华复兴的进程中涌现出更多更好的藏族青年才俊来，让经济和文化还处于相对后进的西藏地区跟上中华民族崛起的脚步！

又给了我们哪些启示呢？

教育和实践相结合，是一条康庄大道。而艺术类教育不同于其他门类教育的地方在于它不用实践必备的场所和设施设备，也无须苛刻的条件，蓝天白云，校园课堂，花前树下，风雪雨露，老师的爱，同学间的互相帮助共同进步……都是创作者可以信手拈来的创作题材。生活环境本身就是采风现场——创作的源泉就在身边眼前流淌着！当我们看到太多的毕业生步入社会谋职就业而学非所用的时候，我们不该反思因为太多毕业生遭遇学非所用的尴尬、该何去何从吗？

3. 爱，是校园铸就了的魂

当为学分而战的教育天地里，无论是教师、学生还是家长，都处于纠结无奈的时候，我们更会体验到民族学院里那独有的爱心的珍贵，为什么成为教育界一块不被金钱污染的净土。有人形容师大民族学院"养在闺中人未识"，而"封闭"在这座校园里的师生们最清楚：是纯真的爱滋润着校园、酿就了民族大团结的教学环境！

我们再列举几个老师关爱学生的"简讯"：

——校领导不是空喊口号而是做实事，王惠民以身作则。譬如，为了提高教师队伍的教学水平，他分批次安排教师到外地名校访问观摩，效果显著。

——新冠肺炎疫情期间，卜一主动申请在校守护、陪伴学生，平复学生们的恐慌和不安，有的老师半开玩笑说他"和学生一起做作业"。

——今天是学生范群佩的生日，班主任、2019年被评为全院最受学生欢迎的好老师武方丹，买下生日蛋糕放在学生公寓，回家再用微信告诉他，祝他生日快乐。第二天，武方丹收到被感动的学生的微信:"武老师,感谢您的关怀,我再也不会小错误不断犯了!"

——多少教师从西藏班开班之始就像爸爸妈妈那样,为年幼新生换尿床被褥到今天的"大操心":哪个学生学习态度出现波动了,哪个学生身体不舒服了,哪个学生受到家庭变故影响了……身边的老师会及时关怀、及时把温暖送给哪个学生!

……

爱,铸就了校园之魂。

在为"分"而战的教育领域里,师大附属民族学院老师这样的爱能不能"移植"他校呢?为更多的像师大附属民族学院这样的净土撒下健康的种子,生根发芽开花结果,我们的社会又将变成怎样?随波逐流是大众的不自觉行为,"波"的净化谁可为之?

4. 劳燕分飞还反哺

老师给予学生的爱没有随着时间的流逝而淡漠,融入社会的民族学院毕业生用实际行动回答了我们。

下面,是王月峰老师的讲述:

2021年的6月25日下午5点多钟,就要到下班的时间了,意外收到次旦旺久发来的手机消息,问我是不是在学校里。次旦旺久是我教过的2013级2班的同学。我便立即回复他:"在学校,马上就要下班了。"他在信息里告诉我:"老师,我现在在咱们学校呢!您在哪儿?我马上去看望您。"

我很意外,因为次旦旺久已经毕业好几年了,他还记着我并且回母校看我!不一会儿,我就听到了楼道里响起熟悉的声音,便迅速推开备课室房门——果然是他！和他一起来的还有当时他的同班同学格桑顿旦和达琼，他们兴奋地叫着老师时流露的情感使我感到格外的幸福！然后关切地问我身体好吗？教哪个班？现在的西藏班学生好管吗等等，问不完的话题、倾诉不尽的情感，并为母校越办越好感到兴奋快慰。有的还为当时做的不妥行为感到羞愧和赔礼道歉。这时，我感受到了什么是人间的真情在！

已到晚饭时间，我决定请几个远道而来的学生吃饭，并联系了他们昔日的地理任课老师共进晚餐，并问他们喜欢吃什么就安排吃什么。三个学生异口同声说他们是来报师恩的、他们来请。我说：你们还是学生，没有经济收入，一定是老师请你们。

边吃边谈，和当时不一样的是身份有了变化，谈话虽不是海阔天空，毕竟更长见识的三个孩子话语面宽泛多了：谈到当时总嫌学院校园不大、老师管得宽，到了新的学习环境又留恋这里的温馨和爱。格桑顿旦和次仁旺久都在读公安大学，励志为警回藏服务；达琼也志在西藏并"启动"回藏步伐。大家好不快乐愉悦。晚餐后又同老师返回学校观看演出活动，回下榻宾馆是还依依不舍。次旦旺久发来的信息久久萦绕在我的脑海里："以后到西藏家访或出差就直接联系我们，因为我们是老师您最亲的学生。有机会我们还会回民族学院再温师生情！"

是的，这样的师生缘出于河北师范大学附属民族学院不足为奇。

5. 青年教师外传之一

同样，民族学院的教师队伍也在新老交替，新面孔不断融入进来。初踏校门还惊叹：这里的老师们好像特立独行似的，可很快就成了"特立独行"队伍中的一员——环境的确可以改变人！

老师们做好"分内"工作不在话下，说说和教学工作看似"不搭界"的故事吧！以下这几个故事是笔者从坊间获得，或有意料之外、但在情理之中，供读者品味，可知作为民族学院的老师为了教学而做出牺牲的少有人知的"另一面"。

（本章第5、第6小节出于坊间，出现人物采用化名）

民族学院青年教师张建永英俊潇洒，工作稳定，是许多姑娘们眼里的"香饽饽"。

省城北望，是一河之隔、隶属石家庄市的正定县古城。

百年之前，现在的石家庄市叫做石门，而正定乃是有着千年文化积淀、历史上曾经光耀一时的真定国演变而来。到抗日战争时期因正太路南移，与大石桥为邻的石门火车站成为石门城市的商业中心，时间老人把光环从正定移到石门；而石门成为解放战争中人民解放军攻下的第一座大中城市，更名石家庄市的燕赵重镇奠定了石家庄市军事、政治、经济地位，伴随两大解放区的合并，党政机关、党校、多所军政大学、民政厅、教育厅、财政厅、农业厅、工商厅、企业厅、交通厅、公安、法院、邮政、新华书店、《人民日报》、中国人民银行等等落户石家庄——说"新中国从这里走来"的说法并非不妥。

正定因而千年文化积淀、保护完好的历史文物，如大佛寺、天宁寺等，不但是石家庄市民经常游览的地方，也吸引着世人的目光，成为石家庄市游客最多的历史文化景点。教师张建永多次流连往返正定古城，当然和未婚妻陈洁家在正定古城有关，到正定古城来就成了张建永的"家常便饭"了。

不过，自从调入师大附属民族学院，张建永到正定的次数越来越少了，这引起未婚妻陈洁的疑虑：是不是他有哪儿不高兴了？还是换了工作环境、有了别的心思？

少女的心天上的云，风大风轻都漂浮。往常的星期天几乎都是两个恋人在古城相聚的日子。公务员陈洁的星期天不再去坐办公室，也不用考虑下基层陪领导处理突发事件，等着的是未婚夫张建永——心目中的白马王子。

临窗眺望，修复一新的古城南门城楼壮观、巍峨，游客们上上下下；城内的大花园里车满人稠，对对情侣挽臂而行，令陈洁怦然心动，忍不住打电话给张建永。

电话接通了，但无人接听！陈洁再语音通话，依然无人接听！耐着性子的陈洁一屁股坐到沙发上，把手机扔到一边。

"他不接我电话了？"

陈洁好不懊丧。

三年前，陈洁和张建永在一次朋友聚会时相识，互相有了好印象，留了电话加了微信，先是隔空问候，再就有了约会，花前月下，香茗咖啡，小吃美食，影院商场，张家李家，成了他们倾诉爱情增进感情的地方；三年的磨合，陈洁深爱不移，把一颗心系在了张建永身上，到了谈婚论嫁的甜美时刻。而张建永的工作变动——从师范大学本部到附属民族学院出现了让陈洁难以接受的变化：未婚夫到正定的次数少了，电话联系也不那么方便了！

"他是不是移情别恋了？"

陈洁警惕起来。

大学老师可是人们心目中有品位的职业，小伙儿又英俊潇洒，在"大男不愁娶大女愁嫁"的大城市里，芳龄二十五岁之后就被称作"准女"了！尽管陈洁是姑娘中的佼佼者，毕竟已经二十六岁了！和恋人联系遇冷，陈洁心里不踏实也不奇怪。

"如果他有了新欢我怎么办？"

想得多了，陈洁的心一下子悬了起来！

每逢星期天，陈洁在商务局工作的父亲不是和钓友去钓鱼，就是出去访友；因企业倒闭闲在家的母亲早晚去跳广场舞之外，剩下的时间就是买菜做饭做家务，关照独生女儿已是她的"重头戏"，只不过见女儿邀到家里来的是在大学当老师，又英俊潇洒、令女儿愉悦的张建永，自觉不自觉地定位自己为家庭舞台上的老旦，围着青衣小生转，还时不时地提醒星期天不恋家的丈夫"别让闺女的朋友误会你躲着他"！今天注意到女儿情绪有点反常，她关切地试探着过来问女儿："今天不出去了？和小张在家里吃呀？我去买，做他喜欢吃的清炖排骨和葱花饼。"

虽然克制着自己的情绪，陈洁还是一语道出自己的郁闷："买什么买——他来不来的了吧！"

母亲感到意外，问："他来不来的了吧……是什么意思？"

"没什么意思！"

陈洁把脸儿歪到一边去，不再出声。

母亲发觉不大对劲，移步坐到陈洁身边，用手梳理一下女儿散向额头的发绺，温和地问："小张怎么惹你了？这么不高兴的样子？"

陈洁把脸儿调过来，鼻孔忽闪两下，眼圈红了："他不爱搭理我了！"

"不会吧？"母亲感到诧异，"上个星期天他不是约你到市里玩了吗？"

母亲没想到这句话倒引起女儿的不满，陈洁抱怨："我早知道他那德行才不去呢！"

"看把我女儿气的！到底怎么了啊？"

"带我到我喜欢吃的西江粤餐厅吃广东菜，吃到半截，他接了一个电话就手忙脚乱起来，嘴巴里说着'没事，我这就来'，扔下我就走！我一个人在那里，守着三菜一汤发愣……"

"一定是有急事呗——否则他怎么会急急忙忙走掉呢？"

没好气的陈洁挑起了母亲的理儿："妈，看您——他还没'转正'，您就'丈母娘疼女婿没二心'啦？"

母亲正起脸色批评陈洁："说什么哪？都是你爸宠得你，小脾气说上来就上来！"

"本来就是吗——他一来您就眉开眼笑，您就可着好吃的上，说您对他没二心有错吗？"

"那还不是为的他对你好呀？"

"可人家对我不好了怎么办？"

"啥？我怎么没看出来？"

"他是大学老师，会在您面前装呗！"

母亲缓缓站起来，探口气，说："我和你爸爸搞对象那会儿，他也是忙，经常的把我扔到一边儿撒丫子走人……我开始也不理解，产生疑虑。明白了商务局的工作性质就再不怪他了。"

"商务局少不了接来送往，有事他不去行吗？"陈洁申辩自己和母亲不一样的"遭遇"，说："他是大学的老师，是给学生上课——站到讲台上照本宣科就行了，下了课还有什么事哩！可他星期天约我、吃半截饭扔下我掉头就走，我能没有想法吗？"

"过后你没问他？他怎么向你解释的？"

"'班上的一个学生得了急性胰腺炎，我这班主任能不管吗？'"

"也是啊！"母亲提醒陈洁，"西藏班的孩子们家不在这里，父母在千里之外。'班主任老师既当爹又当妈'——也是建永说的吧？"

陈洁没吭声。母亲接着开导她："你真心爱她，我知道。可真爱就要付出，就要奉献，要支持他的工作。别因为他工作忙影响了卿卿我我就耍小孩子脾气。"

陈洁想了想，问母亲："反正我们俩……已经这样了，省得误会越来越多，又有条件——结婚得了。"

母亲平静地望着女儿，说："你上大学之后，我和你爸商量好了：女儿大了，又不是糊涂孩子，孩子的事孩子自己做主。"

"那，我就和建永谈——看他怎么说。"

母亲点点头，依然的平静泰然，而陈洁忍不住地抿嘴儿笑了。

中午时分，张建永回复电话，向陈洁解释刚才参加省教育厅来校调研座谈，然后问她有什么事？陈洁干脆利索地问："我想和你见面商量一下登记结婚的事。"

没想到张建永也利利索索回答："嗯，好。我父母追问了好几次了。我也没料到民族学院的工作环境和师大本部那边不太一样……工作上的事就不电话里聊了。"

"真的？"陈洁兴奋异常。

"谈婚论嫁有开玩笑的吗？我是认真的！"

"我爱你！"

陈洁陶醉了！

他们到民政局办妥了结婚登记手续，陈洁放心了，对丈夫说："我们春节结婚——你们学院寒假假期挺长的,我们举行了婚礼，到南方度蜜月去！"

"行，听你的！"

陈洁情绪稳定了，心里踏实了，精心"打扮"公婆为他们准备的婚房，成了陈洁工作之余时间里的大事。张建永时常"黏"在学校里，陈洁理解他确实是忙工作，再不挑理，任劳任怨自己忙。可令陈洁没想到的是，定了举行婚礼的时间和酒店，请帖都发出去了，临近举行婚礼不到半个月，张建永告诉陈洁"推迟婚礼，再选良辰吉日"。

这还得了？

张建永耐心向未婚妻解释：教育、关照西藏班的学子工作第一，个人第二，因为西藏的学生们在寒假期间要留校度假，没老师关照怎么行？夫妻恩爱，婚礼早一天晚一天没关系——已经是合法夫妻了，正大光明的过夫妻生活了，婚礼是个仪式，给人看的，早点晚点一样。陈洁容忍了，商定把婚礼举行定在五一期间，并和交了定金的酒店磋商得到理解。当然，也征得婚庆公司的同意和继续合作。

日子过得真快，转眼间五一节就要到来，一场令人恐怖的新冠肺炎疫情降至石家庄市区某个村庄，全市实行的封闭式管理、尤其是不能多人聚餐，迫使承办婚宴的酒店"改弦更张"……张建永和陈洁只得面对现实，再次向受邀参加婚礼的嘉宾好友远亲近邻表示歉意……陈洁瞅准了政府宣布石家庄市是低风险区的时候，忙和酒店协商举行婚礼事宜，在学院忙碌的张建永电话告诉陈洁"先别定婚礼举行时间，等等再说"，令陈洁纠结不已，和好不容易回家一趟的"未婚夫"发脾气："等生了小孩带上孩子举行婚礼得了"——她言中了：婚礼在新娘快要成为"水桶腰"的时候才得以举行！

善哉，真爱历程中的纠结，会被时间诠释开来！

6. 青年教师外传之二

女老师李萍（化名），也经历了恋爱期的矛盾坎坷，默默地忍受着被男朋友误解带来的苦恼和郁闷。

她的男友是一个成功的企业家华美，从潮汕小渔村远涉重洋，淘得一桶金又回国做药品生意，药品进口生意做得风生水起，和省会各大医院混得熟，在京畿重地也是个风云人物了，坐奔驰 S500、住西山 300 平方米带花园的大别墅的圈里人，"有资格"被他看得起的人才会被邀请到他的别墅做客，是生意场上的牛人。

李萍是在一次到国际大厦看望从上海来石出差的大学同学而意外成为华美手中的"猎物"的。

说来话长。地处商业街的国际大厦在夜色中炫耀着它的品位和魅力——它是省城第一家上档次的综合服务场所，更有当时身为国家副主席的功勋大企业家荣毅仁题写的店名而独领风骚，自然令社会贤达名流显贵趋之若鹜，楼下的咖啡厅贫贱可享，楼上的粤菜馆久负盛名，也是华美和圈里人常来聚餐的地方。这天的晚宴是一名想和华美做一笔紧俏进口药品的中原客商做东，因故迟到的华美匆匆闯进电梯上三楼餐厅，不小心撞到先他走进电梯、低头看手机短信的李萍，毫无防备的李萍被撞一个趔趄，手机摔到地下，又被身形不稳的华美一脚踩到，惊得李萍失声抱怨："干吗你？我的手机！"

华美抬脚低头看，被踩的手机屏碎息光，抬头看，是一位美若天仙的青年女子，满脸堆笑表示歉意："对不起,我太莽撞了——不是有意的，是朋友们等我入席，急！"

李萍是教书育人的智者，平时就是一个有涵养的人，从地上捡起手机皱起眉："才买了不到一个月的心爱的手机……"

"哈哈哈！"华美开口大笑。电梯到了三楼，华美往外走，本来上八楼看望老同学的李萍只得跟出来，谴责华美："你撞了人踩坏了人家的手机，还乐！什么态度呀？"华美冲李萍摆摆手道："不就两千多块钱吗？我赔！"说着拉开手里的博柏利牌手包，伸手从里边掏出还没破捆的人民币往李萍怀里一塞："给你，自己买去！"

李萍愣住了。华美满不在乎，说："怕是假钞就到验钞机那儿验验，有问题先到珠江厅找我。再见！"

"先生，用不了这么多的钱！"刚才的怨气被华美的慷慨抵消了不少，反而有了几分感动的李萍提醒陌生人。

"多比少好——小事一端！只要没惹美女生真气就好！"

就在华美冲李萍挥手之际，一个从珠江厅出来迎接华美的西装革履的中年男子问华美："她和华总您一起来的？为啥不一起进去？有座位的。"华美道："我们不认识！是我不小心造成大美女的损失……一会儿再解释怎么回事！"中年男子眼珠一转，打量一下李萍，陪个笑脸，对华美道："我以为是华总的女朋友呢——嗨嗨，这个美女行，气质也好！"华美扫一眼李萍，流露遗憾："我哪有那福气……"然后又向李萍打招呼："对不起了……我真不是有意的！再见！"心里为还没破捆的钞票纠结的李萍道："我一会儿到旁边超市买个同型号的手机，把剩下的钱给你送到珠江厅去！"

不由分说，李萍转身上了下到三楼电梯。华美咧嘴笑笑，像是自言自语，又像是说给接他的中年男子听："能有她做老婆，那可是积了八辈子的德！"中年男子看在眼里记在心里。接下来，趁李萍到珠江厅退还余款的时候，见李萍婉拒华美将余款做精神补偿，中原客商从背包里掏出一款最新款顶级华为手机往李萍挎包里塞："这款手机特棒，我替华总送给你压惊！"

李萍坚决不受，但收下了华美的慷慨，没有拒绝华美加联系方式的要求，从而成了华美夜晚聊天的对象，而二十岁的年龄差距和华美有过的婚姻都不是两人交往的障碍。受失败的恋爱史困惑的二十九岁大龄女子李萍重燃爱情星火，成了华美怀中"宝贝"的她重燃爱情火焰，也令华美再看他人无味，恨不得李萍辞职做自己的全职太太。

那么，他们的恋爱会怎么样呢？

发妻亡故后经历了事业低潮和海外打拼的华美生性风流倜傥，单身漂泊孤独也虽苦，而无意"将就"婚姻，在域外捞得一桶金后回国做得风生水起，虽不缺性生活，却没遇到心仪女人。电梯无意的碰撞令他怦然心动，惊喜的是博得了温雅美丽的大学老师的芳心，二人终成情侣，并且低调结婚、婚礼缓办——同僚们没人知道李萍已经是卖药富商的夫人了。

而教学工作已经是李萍生命中的组成部分，或者说她同民族学院已经是"连体"的精神存在，再难分割开来。当华美提出要李萍做自己的全职太太的时候，李萍当即婉言回绝："别开玩笑，我们睡吧——我还要到学校和学生们一起做早操。"

"啥？早操？当老师的还陪学生做早操？你当你们是衡水中学呀？"华美从被窝里伸展双臂，把李萍紧紧搂住，"你也太累了！"

"累的不是我一个人，我也不是学院里最累的人！"

"别人累不累和我有什么关系？我还不是心疼你呀？"

李萍温婉地告诉华美，"你疼我我知道，但疼我疼到有品位，就和我们某个老师的爱人一样，支持我的工作。"

华美淡淡一笑，吻一下李萍的额头，说："人的命，天注定。

成为我的太太，还不是上天安排的？谁会想到电梯奇遇得美人，而且是我梦寐以求的夫人？我们在一起之后我就心安理得了：就爱你一个人！"

"我不是说了吗？真爱一个人就得理解她支持她——献身教育事业，是我生活的本位！"

华美或许没听懂妻子的话，认真说道："你的生活还会有问题吗？我虽然不是国际庄富豪榜上的企业家，可挣的钱还可以再买套别墅，随便买你喜欢的世界大品牌的东西，还担心今后生活问题？"

"呦呦——你就这么看我的？我可不想做金丝线编织的鸟笼子里的金丝雀！虽然我是商人的老婆了，但我还是一名人民教师。"

华美是真喜欢李萍的，否则，要脸面的他也不会妥协。他只得同意了李萍的要求：低调、秘密结婚不张扬，不往学校打电话，有事发短信或者微信。在他的心目中，李萍是知识女性，很专业，但融入社会并不深，活得比较单纯。两个人的生活毕竟刚刚开始，她还体验不到生活的艰辛和人生无常——说不定哪天有不测风云袭身、旦夕祸福降临——那些在职场风光无限的女明星失意后又能怎么样？

想到这些，华美觉得李萍思想转弯只是时间问题，便暂时不再执意和太太较真儿，用好话哄着李萍。说来凑巧，就在华美缓兵之计在心的时候，李萍微信告诉他这几天工作繁忙不便脱身，不能回家，请华美安排好自己的生活，引起华美的猜疑：她生我的气了？有意躲着我还是要疏远我？

晚七点半，生活小区服务中心内部餐厅把华美点下的饭菜准时送到，华美望着摆在餐桌上的盒饭呆呆出神，揣摩着李萍微信的言外之意而无果，便微信回复："忙啥呀？连家都不能回？"

李萍回复了："学院有了特殊任务，首先安排单身老师值夜班。明白吗？"

华美忍不住回复抱怨："看看，你自找没趣吧？让学校领导知道你已经成家，不至于有今天吧？"

李萍微信发个俏皮的笑脸，没有文字。华美越觉得不是滋味，马上回微信发泄不满："一个学校会有什么特殊任务？那个挺牛的衡中也不至于这样吧？你们是令行禁止的军校吗？"

"我们学校有一定的特殊性，老师们个个自愿履行着自己的职责，那就是还要尽到父母应尽的责任和义务。你好好吃饭，安心休息，我没事。"

"你没事加班干啥？"华美越想越感到郁闷，从桌上抄起软包中华往嘴巴一送，叼住一支烟，打火吸着，喷出一溜烟圈，仰在沙发上纠结起来。不用说别的原因，夜夜同李萍在温柔之乡度过，突然一个人独守空房，还真有点魂不守舍，浑身不自在起来。

幽静的别墅区没有迎来送往的嘈杂，犹如世外桃源，是太行山夜幕中的一片彩色的光的世界。没有李萍的时候，华美并不恋家，通常留宿市中心的办公室套间消磨时光。有了李萍的陪伴，令华美感到孤独难熬，别人心目中的世外桃源倒成了令他空旷而没了温馨感的魔幻天地。

于是，他又拿起手机，向李萍倾诉思恋和苦闷，甚至"不小心"发出了一条令李萍浏览而意外的微信："是什么力量把你从温柔之乡捆绑在匪夷所思的世界里？比我还有吸引力？"

显然，华美有了疑心，令本无二心的李萍啼笑皆非，但她有工作的定力，顾不得向华美解释，为学生即将赴京参加汇演而排练。别墅里的华美见李萍不予理睬，更加狐疑难忍，又微信发泄，引得李萍不安：莫非他也是靠不住的生意人吗？

由此，他们新婚甜如蜜的生活中掺进了醋意。几天没回家的李萍突然发现敲门进办公室的是"隐婚"丈夫华美，顿时不知所措……

7. 向前看和向钱看

大河向东流，改革开放的经济大潮汹涌澎湃，泥沙混下，但泥沙毕竟沉底，波涛奔向大海。当"一切向前看"的思潮蔓延神州大地的时候，"向前看"还是"向钱看"成了茶余饭后的谈资，而正能量的有识之士不为所动。

在师大附属民族学院，老师和学生对此淡漠无疑，一者净土少尘，二者人以群分——李萍和陈洁是特例——再看民族学院英语老师欧阳智勇就更明白了！

欧阳智勇是师大附属民族学院资历颇深的"老同志"了，院内看口碑，院外品人脉——这不，从北京出差回来刚放下背包，老同学的电话就跟了过来。

"欧阳，到家了吧？"

"刚进门。老班长，有何吩咐？"

来电话的是大学同班同学，班长许富强。

"忘啦？昨天电话里你说今天下午回来。"

"对对。办完事就往回走，不愿在外边延误。"

"喂喂，我已经联系好了——今晚在王家大院聚聚，都是自己人。怎么，我接你去？"

欧阳智勇婉拒道："我去也匆匆，回也匆匆，累了，恨不得一头栽床上呼呼大睡……不去了不去了。我们有机会再聚。"

许富强马上话语相怼:"嗨嗨,喝点小酒解乏!还有,咱们班那个英语不咋的却演技出色的'王曼玉'同学也到场……哎哎,她可是一线明星了,好多领导家她推门就进!"

"那和我一毛钱的关系也没有,我的意思是说……"

"说什么呀说?你等着,我拐个弯儿接你!"

许富强说完就挂断了电话。欧阳智勇无奈地摇了摇头,只得从命,等老同学来了再拒绝就没意思了——毕竟,许富强是同窗好友,毕业后近二十年不断联系的老同学。

车走山前大道,很快转向一条山路,继续行驶十几分钟,来到门前修竹栽花的农家院。说是农家院,其实是山坳里建起的一片由几家仿造的农家风格的饭店组成,家家门户挂灯笼,户户昭示拿手菜,无论吃的喝的用的,突出一个"野"的韵味,彰显一个"绿"字,女服务员的工作服都清一色大襟小袄肥腿裤,面料上扎染着梅花或大红牡丹图案,年长的人回忆小时候睡土炕常见的被面,如今成了"农家小院"吸引人们眼球的服饰。不过,吃惯了"正规"大饭店的城里人对久违了的"野味"还是赞不绝口。

今天参加聚餐的六位老同学,有五位出自农家,只有老同学吕秀芳是个老石门人——祖爷爷辈的户籍就是京广线东的大经街,还用说吗?城里人吕秀芳,小时候在人前挺胸仰头,人到中年反而抬不起头来,原因就是觉得自己混得有点"不咋的"了。

"对不起老同学们了,年年我们聚会,我还没请过大家!"吕秀芳把手里的酒杯压得很低,"下岗了想到商场闯闯,父母担心我学坏,不允许我越雷池一步,唉,凑合着混吧!说实在的,日子过得紧巴巴的……"

"没人起哄让你请客呀?"许富强瞪一眼老同学,"别作践自己好不好?在座的只有你有大城市的血统,生下来就比我们高贵！"

吕秀芳摇摇头："我爸妈是工人阶级，瞧不起从农村进城摊煎饼卖馄饨的小商小贩，工厂改制他们双双下岗失业了，也抹不下脸来干那些活儿。我大学毕业分配的工作再不理想，也反对我下海经商，说'铁饭碗不能丢'……谁想到我那个单位常常发不出工资来，混得憋屈！不说这些了。来，我感谢大家还瞧得起我！"

吕秀芳把酒喝下去，抿起嘴儿不再说话。许富强安慰她道："谁也没想到，几十年前农村人刚来到城里的时候，没几个人看得起；几十年过去了，在城里混得好的农村人倒不少！小时候我的几个不爱学习的小玩伴自然上不了大学，你猜怎么着？连当泥瓦匠的都日薪少了几百块人民币不干呐，还挑着活儿干！叫我说呀，好歹有个铁饭碗端着就行了，别想不开。"

绰号王曼玉的同学道："好了好了，我们说点高兴的啊！老班长，你怎么想起今天请大家呀？去年老同学相聚不是你请吗？"

许富强道："实话实说吗？"

"那还用说！"

许富强道："来，我们喝了这杯酒，听我慢慢道来！"

"喝！"

大家碰杯喝酒，把目光聚向许富强。许富强道："我呀，结识了一位行业大佬，上百亿的身价，在非洲打开了一片新天地——开采金矿。"

"哦，你又有了发财的机会了——你参股了吧？"王姓同学问。

许富强道："不用我出资金，给我百分之十的干股，负责给他组织经营团队。是个好机会，想到老同学们——想挣大钱的，我来举荐，说好了的，年薪五十万到一百万人民币，就看能干什么工作了！"

王曼玉不信："年薪五十万到一百万之间？"

许富强介绍："当翻译的，管理的。有百分之四十的工人是中国人和东南亚劳工，其余的是当地土著人。"

大家听了互递眼色。许富强把目光转向欧阳智勇："欧阳教授，你是我第一个想到的最佳人选——高级顾问兼总翻译。当然，老同学们想去能去的都成。"

欧阳智勇摇了摇头："我不去。"

许富强眼睛直了，问："我还不知道你家的情况？老爸半身不遂，老娘有心脏病，要供应两个孩子上学——哪儿不用钱呀？你们夫妻那点工资够用吗？"

欧阳智勇道："困难是有，还过得去。"

"能挣大钱的事你怎么不干？"许富强流露遗憾，"当一辈子穷教书匠？混到家也就是个教授罢了，还能怎么样？"

大家都不出声，望着许富强和欧阳智勇。只见欧阳智勇解释道："我在民族学院年数够长了，没有一个教师跳槽离开的，我也没离开的心思。"

"你们学校……为什么？"王曼玉纳闷，"不管哪个行业，跳槽还稀罕？人往高处走、水往低处流呀？是啥让你舍不得离开那里？据我所知，师大附属民族学院是个二级学院，普普通通的吧？"

"那倒是！"其他人也有同感。

欧阳智勇道："是很普通。正是普通中的不一样感动了我……"

"什么感动了你？说说看！"

——难怪欧阳智勇的话引起大家的兴趣：有的知名大学发生"业余"故事时有茶余饭后调侃的话题。难道欧阳智勇另有隐私？

"一句话：那些藏族孩子们就像自己的儿女一样需要我们，我舍不得撒手不管！"欧阳智勇说着动了感情，"尤其挑起西藏高中部的重担以来，更觉得责任重大。"

"嗯嗯！"

"哦哦！"

大家纷纷点头，无论处于什么心态。许富强知道欧阳智勇的秉性：他认准了的事，说破天也没用的。

8. 坊间传出"母女"对

流传千古的"隆中对"是三国演义中刘备携关张三顾茅庐，诸葛亮同刘备纵论天下三分的名篇。有多大的格局，就有多大的胸怀。坊间流传开来的一则普通人家的"母女对"，又彰显怎样的胸怀呢？

在网络无处不在的今天，已经不是仅仅"秀才不出门全知天下事"了，就连童稚和耄耋老人都玩手机如家常便饭，一个早熟，一个不含糊了！一个就要踏进中学校门的少女呢？她的智商情商都是父母同龄时没法比的！

在师大附属民族学院执教多年的孟莲老师是名优秀教师，和其他同事们一样"七分学校三分家"，自从她踏进民族学院的大门，家务活几乎成了丈夫"业余"的全部；女儿的出生，丈夫当爹还得当妈。孟莲和自己的学生朝夕相处、甚至事无巨细地带学生的时候，丈夫早晚两段时间里都走两点一线——早上从家里送女儿到幼儿园，晚上从幼儿园接女儿回家；女儿上小学，改成了家和学校的又一个两点一线。而课外的孟莲常常在灯下伴随学生的时候，丈夫在家里照顾女儿的学习、陪伴女儿的成长。

可传统观念里，母亲才是女儿成长过程中的启蒙老师呀！

和其他老师们一样，孟莲把心血注入到了学校的藏族孩子们身上，和其他老师们一样，觉得孩子们的父亲母亲都不在身边，在几千里之外的西藏高原，需要老师陪伴。一次休息在家的孟莲要下厨，被丈夫"婉拒"，让她坐在客厅里歇息，告诉她，她爱吃的菜马上就会端上来，孟莲说"机会"难得，能有机会帮厨心里还好受。丈夫用开玩笑的方式安慰她说："你们是连接内地和西藏的桥梁，披着彩虹的桥梁。我是彩虹里看不到的细雨颗粒，在你的背后有存在感就没有委屈了。"孟莲听了，饱藏在心底里的歉疚一下子爆发了，泪流满面地拥抱起丈夫……不想被从"闺房"做作业出来倒水喝的八岁女儿欢欢撞个正着，乖巧的女儿做个鬼脸往回跑。丈夫忙推开妻子，提醒她"被女儿看见了"，孟莲回头望"闺房"，见女儿在半掩的门缝里冲自己俏皮地一笑，说声"我没看见"就关上了门。丈夫从纸抽盒子里抽出纸来要给孟莲擦拭，孟莲接过纸巾一边拭泪一边半鸣咽，说："你去厨房……我去给女儿解释。"

"解释？越描越黑！"

"越描越黑？"

"我是说，咱女儿理解……"

"理解？理解啥？"

"瞧我这嘴！我的意思是女儿不怪我们……因为我们聚少离多，她开始不理解，后来就懂了！"

"她懂了？"

"你别往歪处想……她明白你的工作了，和她们学校的老师不一样——教学环境不一样，起码不太一样。"

孟莲清楚丈夫话的意思了，感动得不能自已，抽泣起来："我不是一个合格的妻子，也不是一个合格的好母亲！"

丈夫拍着她的肩头安慰她："从伟大领袖到战斗英雄，还有各个战线上的无名英雄们，哪个不是为了国家献身而顾不了家人？忠孝不能两全么！你为援藏教育事业贡献青春，公而忘私，无愧家人！我支持你，女儿也懂你——你是一个合格的'双料'母亲。"

"双料母亲"从丈夫口中说出来，孟莲听懂了丈夫双关语的含义，更感受到了丈夫的情怀。

"女儿懂我？她才多大的孩子啊？"孟莲感慨。

丈夫笑道："女儿身边不是有我这个'业余'老师吗？为了这棵独苗上的花朵开得娇艳，我这个业余园丁也得尽心尽力呀！好了好了，我去端菜……今晚要不要喝一杯？"

"要……我敬你酒！"

"敬我什么呀？我们重喝交欢酒，得掌握着量——不能误了我们明天早上准时上班，你还要送女儿上学！"

女儿欢欢开门从"闺房"里走出来，故意高声说："作业做完了——我也喝一杯！"

孟莲挥挥手对女儿道："去去——你掺和什么？小孩子不能喝酒！"

"我没说喝酒呀？"欢欢咕哝起嘴，"我喝饮料还不行吗？"

丈夫进厨房端菜的功夫，孟莲爱抚地用手为女儿梳理一下头发，说："你还是小学生，留这长发多不方便。"女儿把头一甩，说："我喜欢飘逸的秀发。长发才称得上秀发。过去爸爸给我洗头，长大了，自己给自己洗，不麻烦爸爸了！"

女儿的话无意，妈妈听了有心：都说女儿是爸爸的小棉袄，可女儿是妈妈的什么？爸爸疼女儿爱护女儿，是因为女儿是传统理念中的弱势群体，感受爸爸温暖的女儿做爸爸的小棉袄是天性回报；而自己客观上"疏远"了女儿，母女之间会不会因为客观上的"疏远"而导致感情上的疏远？

"妈，您不喜欢我留长发？"

"不，不是。"

"我觉得您和每次回家不一样，是不是又遇到不懂事的学生啦？"

"不，妈妈为有你这样的女儿感到高兴！"

欢欢突然耷拉下眼皮，说："妈妈，对不起：我惹您生气好几回！今后不会了！"

孟莲听了鼻子一酸，眼圈红了——女儿的歉意，勾起了母亲对女儿的歉疚。于是，孟莲放下了做母亲的架子，要向女儿说什么。而端菜出来的丈夫用话岔开了孟莲思路，说："母女情情深似海，今晚有时间倾诉——反正明天是周日，欢欢睡到几点算几点。吃饭吃饭，吃了饭再聊天。"

"妈，我不是家里的小公主，是戴红领巾的少先队员了。没事。"

女儿的安慰令孟莲鼻子又是一酸，强忍自己心情的波动，换做笑脸，扯起女儿的小手："好好，吃饭。"

"喝酒——您和爸爸喝酒，我喝饮料敬爸爸妈妈！"

"好好，好！"

好，也是美的别称。今天，洋溢在温暖中的"好"，不是抽象的一个字那么简单，而是幸福感的升华和酸楚的释放，而孟莲收获的是慰藉和激励。

这个夜晚，孟莲和在学校一样午夜才入睡，和女儿心平气静地谈心，正是时下许多家庭难以驾驭的一股清流。欢欢步入学堂之后就"闺房"独享了。在欢欢的记忆里,妈妈调入民族学院后不再像原来的学校当老师时那样"早七晚六",准时上班按时下班,父母的卧室常常只有爸爸一个人"守空房"……今晚一家三口同宿一室,欢欢感到意外,对妈妈说:"妈,有话明天说不晚……你好几天没回家睡了!我回我那屋去吧?"

"你这孩子!"爸爸一乐,"爸爸妈妈老夫老妻了……哦,我怎么说话哪!啊,我们一家三口今晚大团圆,酒后吐真言么,来个合家欢!"

孟莲也乐,说:"欢欢自己在一个屋里习惯了——说会儿话,她愿意回就过去睡呗!"

"也行也行!"丈夫迎合,或者说是就坡下驴,不言而喻。

女儿欢欢首先提问:"妈,我知道您不放心我。"

没有思想准备的孟莲闻听一愣:"呃,有点儿——我回家晚了你睡了,你醒了我走了,是啊!"

"好长时间我对妈妈有抱怨:别的同学爸爸妈妈或者爷爷奶奶接送,我们家就是爸爸连接带送,总是他一个人!"

"妈妈也没想到西藏学校独特的工作环境,独特的教学状况……"

"我后来懂了——反正有爸爸呢!"

"你怎么就懂了?"

"爸爸开导我,还有,我们的王老师影响了我!"

"你们的王老师影响了你?"

"妈没想到吧?她是您的学生啊!"

"我的学生……到你们学校当老师了?"

"嗯。王老师是你们学校中师班毕业的。"

孟莲"哦"一声道:"我想起来了——她是挺可爱的一个

姑娘！"

欢欢道："她对学生要求可严格了……有一次，王老师上课给我们讲西藏班学生们的故事，说他们连饮料都舍不得喝，更别说吃小食品了！我多了一句嘴'穷，没条件就别吃呗'！下课后，王老师把我叫到一边批评我，说我缺少爱心……我知道我错了！"

"你错在哪儿呢？"

"缺少您那样的同情心、爱心。可我接受了王老师的批评，检查了自己。王老师和我谈话中知道了我是您的女儿，就……"

"就怎么了？"

"特别关心我，给我讲她在西藏学校的感受……我就懂了：妈妈从事的工作是伟大的事业，无私献身，是光荣的。我就不怪妈妈少陪我了！"

孟莲道："是啊，我听从组织安排，在师大附属民族学院工作，就要有奉献精神和负责任的工作态度。"

"妈妈，您不是空喊口号，做到了无私奉献。我和爸爸支持您。"

"对对对！女儿说得对，我和女儿全力支持你的工作。女儿的王老师对欢欢说：虽然她没到西藏工作，但传承民族学院老师们的爱心，是自己义不容辞的责任。"

责任，千斤重的两个字啊！让孟莲感到欣慰的，不但丈夫，连还未成年的女儿，都理解和支持着自己！

五

领导的关怀和牵挂，打开了教育的一扇窗

逆水行舟不进则退；历史的进程中几乎没有顺风顺水的历程。当一个单位一个团体取得一定成绩的时候，没有故步自封的领地，只有创业的"永动"思维才才能有更好的明天。

河北师范大学附属民族学院有"永动"的思维，有了促进事业"永动"的契机，促进民族团结更上一层楼，每一步都离不开党和政府领导同志们的关怀。

1. 例行公事别有情

接到省政府办公厅的电话通知之后，民族学院领导们马上启动了省领导前来视察的接待工作。

从西藏班开办以来，各届省委省政府和省几大班子的主要领导、民委以及教育厅领导同志会年年来院慰问、考察，给予关怀。现任省长来院考察，令师大民族学院的师生们别有一番滋味在心头：他是曾经在西藏工作二十个春秋的领导同志，就凭这一点，人未到心先热——师生们感到兴奋、喜悦。

电话通知时已经告知，省长在校停留的时间是二十分钟。时间不算长，但大家明白，一省之长要日理万机，二十分钟，也是省长日常工作中的宝贵时间，当然，党委书记兼院长冯瑞建更珍视这二十分钟了，和领导班子成员精心安排了领导考察的行程时间。

车进校园，从中巴里走下大家在电视屏幕上熟识的省长，依次又走下大家相识的教育厅长和省财政厅长、秘书长等省委省政府领导们。学院安排好的严谨、简短的欢迎仪式，听了省长一句话，绷着的劲儿情不自禁松弛下来："同学们不要把我当成客人，西藏也是我的第二故乡，来西藏学校，如同回家看看。"

来考察的是一位平易近人的领导啊！

少不了的掌声相迎又相送——冯瑞建等学院领导陪同省长走进了学生宿舍，人们向领导们挥手致意。

学生宿舍里收拾得干净整洁，学生们的生活用品和备用物品精心摆放，还是感到了"堆积"的感觉，令人看了不大舒服。

"现在的学生公寓，已经实行四人一间的标准了！"

省长触景生情而自言自语——他也经历过多少个春秋的学生生活，而眼前的情景令省长流露出一丝忧虑。陪同领导考察的院长冯瑞建解释道："扩招学生以后，我们的房舍就有些紧张了……"

省长听了默默点头。

再视察公共卫生间和浴室，省长闻到了一股不好闻的气味，情不自禁地摇了摇头。

"看来，我低估了这里的困难。这样的条件不利学生的身心健康啊。"省长一语。财政厅长说："我们准备给的那点资金有点杯水车薪啊！"

民委主任也道："这里的环境条件还是有差距啊！"

"我们到餐厅看看。"

大家跟着往外走,院长兼书记的冯瑞建领路,来到学生餐厅(也是教职员工餐厅),省长愣住了:眼前的餐厅是临建材料支撑着的大棚,显然,不一色的桌椅是拼凑来的。而张贴在大棚里的标语口号格外醒目:

铸牢民族大团结之魂,为国家安定团结贡献青春
努力学好文化科学本领,成为社会主义建设的生力军

"这样的办学条件,为西藏培养出了一批又一批优秀人才,难能可贵!"省长忍不住地感慨——看来,省长关注着有关师大民族学院为西藏培育青年人才的消息。

"困难是有。不过,从西藏班开始,老师们就有了一个使命感:环境条件是还不够完善,困难是有,但教育水准不能降低,我们民族学院西藏班不断夯实教育基础,继续保持在全国援藏教育工作中的表率作用。"

省长听了望一眼冯瑞建,赞许地点了点头。

2. 多呆了四十分钟

接着,院领导主要成员陪同省长一行参观了校史陈列,请省领导们到会议室就座、献茶。被校史陈列吸引的省长道:"你们无私奉献的精神和为西藏自治区培养出如此多的优秀人才,不容易呀!我们就在这里一遍参观一边继续谈工作吧!"随行的秘书长见状便向学校领导们解释:为了抓紧时间,有什么需要汇报的,就在这同步进行吧!

冯瑞建悄悄瞅一眼腕表，离安排的二十分钟考察时间还只剩下几分钟的时间了！

有话则长，无话则短——前人的哲理名言从民族学院会议室得到验证。

省长的朴实和平易近人，使院长冯瑞建不像刚见面那样拘谨，但如何在几分钟的时间里把要汇报的内容凝结、恰如其分地向领导汇报，不免要咨文雕句。省长觉察到院长冯瑞建有些紧张，对冯瑞建道："别急嘛！有话慢慢说。"

慢慢说？别急？聪颖的冯瑞建心情骤然轻松下来：瞄了一下腕表，心里琢磨：领导是愿意听下去的。于是，向领导们汇报了民族学院近几年来的教学情况和现状，包括介绍已经在西藏工作岗位上成绩突出的学生。

"……我们全体教职员工感到欣慰的是那些走到工作岗位上的学生们。他们有的是警官，有的是政府部门领导干部，有的是文学艺术精英人物，有的是小学校长、教育界的楷模。"

陪同省长来学院考察的秘书长感到意外：从来对行程时间"掐"得很紧的领导，今天怎么"感情胜过理智了"？只好抽身到室外联系下一拨等候省长去考察的地方领导，通知他们"省长有事处理，请稍等"。

汇报中的冯瑞建知道省长的行程时间，暗暗叮嘱自己尽可能用简洁的语言汇报工作，但他自己就多占用了预定考察时间的二十来分钟，忙向领导道歉："对不起领导，我话说得有点多了！"省长温和地道："不是说得多了，是兴犹未尽吧？我的时间是有些紧，不能延误太多。我听得津津有味，没听够。这样吧，你们准备审批材料的同时，把你讲了的和来不及讲的整理一份材料给我。"

五　领导的关怀和牵挂，打开了教育的一扇窗冯瑞建听了兴奋更激动："谢谢领导！我们认真准备！"

省长怀着兴犹未尽的心情看看手表，对随员道："超过了预定的考察时间了——我怎么没感觉到似的！"

此前有不少领导来学院视察，学院领导们还是有一定的应变能力的——便壮了壮胆子向省长报告学院的困境："领导您看到了，我们学院教学条件不是很好，要完善的话，缺少资金支持。"

省长点了点头，说："嗯，你们做一个方案报上来。"

冯瑞建强抑兴奋，连连点头："是，我们认真做个方案给领导……"

也许是激动了，冯瑞建说了半截话就卡壳了。

省长最后的讲话令民族学院人欢欣鼓舞："学生们毕业后成为西藏各行各业的优秀建设人才，可喜可贺。看来你们只是'道听途说'，不是'眼见为实'喽！"

省长的幽默，引起院长的憨笑，揣摩着领导的意思。

省长解释道："你们不但'请'进来，还要走出去——到西藏了解、体验那里的风土人情，人民的生活状态，对你们的教育工作会很有帮助。再就是不能把西藏来这里上学的孩子们'圈'在校园里。让他们领略一下祖国的大好河山，从中汲取文化素养，巩固民族归属感。"

冯瑞建有点尴尬，说："那太好了！可是……"

省长猜到院长的难处，说："我可以动用省长基金，给你们提供'研学'经费。"

太意外了，太惊喜了！激动得参加座谈的冯瑞建和在座的学院领导"忽略了"说句感谢领导的话。送走了领导，大家议论不停，最欣慰的一句话是"这下，我们有了完善教育硬件的条件了"！

84

3. 送走了领导，增强了责任感

省长走了，学院领导班子的成员没人离开，党委书记、院长冯瑞建尤其兴奋，说："大家依依不舍哈——好，我们就此讨论讨论，一，领悟领导的指示精神，二呢，我们研究一下报告给领导的'方案'的事。"

接待领导考察的一位副院长眉开眼笑，说："雪中送炭呀！嗯，比起别的校园，我们的教学环境是差了点儿！"

"啥'差了点儿'呀？"班子的一个成员接话，"我估计，我们的教学环境比西藏贫困地区强多了，比起咱们左邻右舍，说天壤之别也不算太过分吧？"

"你说得有道理。可是，我们也不能狮子大开口吧？"

"什么狮子大开口哇？我们把明摆着的困难和急需的列入'方案'，报上去，领导批多少算多少呗！"

接着，班子成员们你一言我一语，列举需要完善的校舍和设备等等。冯瑞建听了大家的议论，沉思了一下道："这样吧：我们急需的是改善教室和宿舍条件，还有学生餐厅，实在不符合卫生要求的餐厅饭堂，一一列举出来。还有，我们学院的体育活动场所就那一个篮球场怎么行？这是'方案'的重点。"

一位党委副书记道："我同意冯书记的意见。那就抓紧出个方案。方案出了，我们再斟酌研究，然后报上去。"

讨论结束了，冯瑞建心思没放松下来，考虑着如何出一个合适的方案：既不让领导为难，又能解决当务之急。他最后一个走出会议室，没有回办公室，而是下意识地漫步校园，的确，和其他学校比起来，学院的整体教学环境还是有差距的。校园的主建筑——仅有的三四座楼和校外的楼群相比矮矬不说，也不是一个档次。他的眼前仿佛穿透了墙面，看到大通铺上午休的学生翻个身都困难的情景——俏皮的尕娃（化名）从铺位上坐起来喊"我喊一二三，大家把身翻"，其他同学乐呵呵地凑热闹："准备好——听尕娃的口令！"于是，尕娃躺倒铺位上喊"翻身"，大家一起翻身……

那是一次到宿舍检查时偶遇的场景，过去了，却时时在脑袋里浮现。

"盖学生公寓，像省长说的那样，让学生们住上四个人的单间。"

院长这样考虑是有了底气的——省长走了，但省长查看宿舍时的表情已经给了答案。

"还有餐厅，是'方案'里重要的一项。"

望着餐厅大棚，仿佛，开饭时学生们拥挤的场面、打了饭的老师站着吃饭的情景浮现在眼前。此前，他曾经在全校师生的会上先表示歉意，然后安慰、激励师生们"比起当年保卫边疆的解放军指战员们啃窝窝头喝雪水，我们算得了什么？再说了，多少只雄鹰照样从我们这里飞向青藏高原么！"他的话还赢得师生们的掌声，因为从这条件艰苦的校园里"飞"出去的"雄鹰"翱翔在西域高原：白玛德吉、格桑德吉、罗追……

他想起曾经参观过的一家民办中学，校舍漂亮、软件硬件都是一流，心里难免不是滋味。时过境迁。上个世纪80年代初市区仅有一栋高层大楼的燕春饭店，如今早已是高楼林立、车水马龙，位居全国十大集贸市场的南三条和新华集贸市场拓展了人们的眼界，滋润了市民的日常生活，就连街头巷尾的商铺小店都非常干净。想到这些，他决心在领导等待的"方案"里坦陈诉求，祈盼一个崭新的民族学院水到渠成。

4. 喜出望外，领导的批示超出预期

方案递交上去，领导的批示很快下来了！接到领导的批示后大家莫不感到惊喜：省长对民族学院的申请报告予以肯定，教育厅、财政厅及时拨款到学院账户上。党委书记、院长冯瑞建在领导班子会议上异常兴奋："说心里话——我再也不必揪心了，一定不负领导关怀，提升民族学院的环境和品味！"

扩建、完善民族学院的工作迅速展开。退休而时时把民族学院牵挂在心的老校长王惠民感慨不已，深情地说："从我们党建立第一个苏维埃政权开始，就把民生和教育放在重要位置。'吃水不忘挖井人，时刻想念毛主席'，在语文课本上读过这十四个字的人都知道，那是沙洲坝乡亲们的心声，体现了中国共产党和人民的利益连在一起的历史故事，这个历史故事一直萦绕在我的心里。今天，当我们学校遇到发展瓶颈时，省领导不但送来了温暖，还为我们解决了大问题！"

"老领导，请您放心！"党委书记兼院长冯瑞建十分激动，"我一定和老师们一起，把学校越办越好！"

河北师范大学附属民族学院将会"变"成啥模样？请看下文一个情节就明白了，无须赘言。

5. 怀疑自己走错了门，不怀疑的是初心

白玛德吉是从这座校园毕业的两个西藏班学生中的一个。当她重返母校来进修时，从红旗大街南段拐向通往校区的老路，走着走着不觉一愣：呈现在眼前的是美丽整洁的校园，有些怀疑自己是否认错了门？

——门卫门窗玻璃明亮，装束利落的保安甲向她敬过礼，询问后知道她是返校毕业生白玛德吉，保安乙本来严肃的面色出现笑容，解释说："我听说了：领导派人到机场接您没接着，嘱咐我们，等您到了，告诉您到教育处报到。"白玛德吉道："谢谢您——原定飞机航班取消，改了航班，没能告诉学校有关领导。不好意思。"

　　保安甲道："带了这么大包的东西呀！我送您过去。"

　　"不用，不累！"白玛德吉向保安点头致意，继续往里走。走到胡同尽头，映入眼帘的是一块山形石碑，上面刻着六个红漆大字：

怀天下　力求实

　　从青藏高原走进燕赵重镇石门、毕业后回到家乡担任小学全课老师、再有机会重返母校进修，白玛德吉感到了这六个大字的寓意和分量！石碑身后的第一教学楼高大明亮的楼门旁的铜牌上那一行字倍感亲切：

西藏班教学楼

　　向左望，一座屏幕墙上闪耀着楷书大字"为了祖国的明天努力学习"；向右看，是漂亮的学生公寓楼。白玛德吉想，既然是公寓，那一定是比自己在校时条件好得多，是内部设施齐备、条件一流的宿舍了！

　　她暗暗为家乡来的学弟学妹高兴。

　　走过院内花园，边走边扫视，左右都是漂亮的新建起来的楼房：学生公寓和教学楼。往前看，楼群西翼是围网的篮球场、羽毛球场……今非昔比啦！故有文化界考察参观团的一位学者曾吟哦：

昔时举办西藏班，振头小巷无名头
今日之民族学院，红旗大街有牌楼

巷子虽深，"民族团结"最亮眼
楼台不高，"中华崛起"是初心

简易灶厨虽逝，艰苦创业精神在
"豪华"餐厅耸立，朴实生活风气存

花园虽小，格桑花开香四溢
操场不大，学子体育冠八方

花木观赏，南秀北雄含中华韵
师生同谋，西敲东推谱华夏诗

心怀不燥，学堂读书为励志
羽翼丰满，西藏天空任翱翔

白玛德吉好不激动，不觉两眼湿润，感触良多。就在她东张西望之际，听到有人呼喊她："白玛德吉到啦！"

定神望，马上认出来了，是当年的任课老师在招呼自己——她还是那样的发式，那样的风采。白玛德吉往前奔跑着，扔下肩上的包裹，和老师拥抱在一起。

"老师，我常常想您！"

"老师也想着你们！工作了，长大了！"

"长大了，我永远是你的学生！"

"青出于蓝而胜于蓝——你比老师做得好！"

虽有寒暄之意，却不失挚爱初心。仿佛，眼前的白玛德吉还是老师心目中当年走进西藏班的黄毛丫头，带着她去教育处报到，陪同她到宿舍安顿好，每件生活日用品都"检查"过，连女儿家不能少的"专用品"也不漏过才放心……在白玛德吉眼里，从西藏班到民族学院，已经度过了十几个春秋的班主任老师心还不老，似乎听得到老师胸中那颗爱生之心的跳动声！不仅当年的班主任崔光红，教过她和没教过她的老师（当然包括现任学院领导）都像迎接自己从外面归来的女儿一样，令白玛德吉感动，暗暗叮嘱自己：我要像老师们那样，把自己的青春奉献给教育事业！

西藏行，更加认知开办西藏班的重大意义

1. 向着珠穆朗玛峰行进

师徒重逢，有说不完的话、道不完的情。白玛德吉还向老师们详细介绍了自己知道的回到西藏工作的同学们的情况，又讲述了自己的学生大多家在离学校远、道路崎岖艰险的山区，每到节假日护送学生回家的艰难之处；讲述了民族学院领导们领会省长考察时的指导意见，"走出去"才能真正了解藏族人民需要什么，家访工作提上了工作议程。讲述了由十几名老师组成的一批批家访小组年年成行，每次令家访老师们感受到家访活动意义非凡……

列车向西，穿过了高山峻岭，跨过了平川大河，途径蜀川黔青，领略了华夏西域风光、风土人情。同行的老师们，没有谁在车厢里熬过这么长的时间——几天几夜吃睡在车厢里；也没有谁用双眼透过车窗"行"过数千里路，过黄河，跨长江，把书本上的文字与山川水域融为一体，怪树奇花尽收眼底，飞禽走兽让人心动。小站停车到站台散步，优美的山歌从山上传来：

跑马溜溜的山上，一朵溜溜的云呦
端端溜溜地照在，康定溜溜的城呦
李家溜溜的大姐，人才溜溜的好呦
张家溜溜的大哥，看上溜溜的她呦
月亮弯弯，看上溜溜的她呦

一来溜溜地看上，人才溜溜的好呦
二来溜溜地看上，会当溜溜的家呦
时间溜溜的女子，任我溜溜第爱呦
世间溜溜的男子，任你溜溜地求呦
月亮弯弯，任你溜溜地求呦

"康定情歌呀！真是原汁原味，好听。"有人感叹。

大家望去，山坡上茶园里，采茶女和收茶男在唱。在电影或电视剧里看到的情景，如今身临其境，自己也仿佛也是画中人了！

又一个车站停下来，站台上推着货车的售货员哼唱的歌曲引起年轻教师们的兴趣：

正月里采花无呦花采，采花人盼着红呦军来
三月里桃花红呦似海，四月间红军就呦要来
七月里谷米黄呦似金，造好了米酒等呦红军
九月里菊花抱呦在怀，红军来鲜花给呦他带
青枝绿叶迎呦风摆，红军来了鲜呦花开
红军来鲜花遍呦地开

"这民歌多美呀，对红军充满了深情厚谊，通俗纯朴，高亢明快，富有地方韵味。"

王英回想起带领学生们到滹沱河风景区踏青时的情景：林间凉亭里捧笙吹笛、引吭高歌的乐坛票友们见一群藏族学生在跳舞，纷纷过来加入到学生们的演唱行列中，在滹沱河畔制造了一个欢歌劲舞娱乐高潮！顿时成为景区的一道靓丽的风景……

回到车厢里，大家还在感慨：少数民族聚集的地方，人们可以纵情高歌，也可以翩翩起舞。但中原地区就不同了，只有特别演出时才会化妆登台，而且要经过精心排练才可献艺。这里的歌舞者无须排练，无须准备，说唱就唱，想跳就跳，无拘无束。

"这就是民间艺术的特点！"

"也是华夏传承的文化精髓。"

大家兴奋地议论着。

列车继续向拉萨行进。夜间十点之后，卧铺车厢里关灯让旅客们休息。进入梦乡的老师们，或者已经梦游拉萨古城了！

2. 惊见火车站的接站人——车晚点人在等

列车晚点 3 个小时，终于到拉萨火车站了！当家访团的老师们走出拉萨火车站的时候，听到一阵呼喊声：

"刘老师！"

出站听到呼喊声的刘雪杉举目望去，一个有些熟悉的身影向自己奔来，仔细打量，意外又忐忑：是从民族学院毕业的学生……他就是洛桑，曾经是自己严加管教的调皮学生，甚至发生了师徒之间不愉快的矛盾！这次西藏家访没有告诉他，他自己提前来车站等候了！

"刘老师，我在这里等了您几个小时了！"

疲劳、神志有些恍惚的洛桑旋即振作起来，上前替刘雪杉拿行李箱。此时的刘雪杉一股暖流涌上心头，激动地问："你在车站等了几个小时了！"洛桑告诉刘雪杉，一得到老师要到西藏来的消息，就从自己工作的地方跋涉而来。刘雪杉听了鼻子一酸，声音有些沙哑："谢谢你……累坏了吧！"

"不累不累！"洛桑把刘雪杉手中的背包"抢"过去，兴奋又激动，"老师，没有您的严加管教，就没有我洛桑的今天！"

刘雪杉关切地问："你现在怎么样？"

洛桑流露出骄傲之意，向老师汇报："我在的工作很好，警官一个！"

"好啊！"刘雪杉不无幽默，"士别三日当刮目相看——不错不错！"

"老师，到我们那里去玩玩吧——同志们一再叮嘱我：'把你的恩师接来，我们一起感恩他'！"

刘雪杉解释："谢谢，也代我感谢你的同事们！可我们的行程安排得很紧凑，腾不出时间来。"

"老师……"洛桑听了有点失落。

刘雪杉道："你跑那么远的路来看我，又在车站等了我几个小时，够辛苦了。你和同志们的情谊我领了，就够了！我很欣慰很高兴！"

洛桑停住脚步，望着刘雪杉道："那可不行！我跑了几百里来，就为的看您一眼哪？"

刘雪杉又解释道："我的时间很紧，要和先期到来的老师们汇合，到阿里地区的札达家访。"

"那，总得允许我请您吃顿饭吧？"洛桑真挚央求，"就一顿饭。否则，我心里不好受，同事们也会笑话我：'嘿，还说是你的恩师——连请他吃顿饭的面子都不给，你说的那些都是真的吗？'我没法面对！"

"真的假的不在吃不吃饭上！"

洛桑有点不好意思地把头歪到一边，说："我和同事们聊天，说起我刚到西藏班时胡闹不懂事……后来，在您的批评教育下改正了自己的毛病。'严父才能出孝子'，我就是严师出高徒的例子，嘿嘿！"

刘雪杉听了情绪激动的洛桑有点语无伦次，明白了洛桑此时的心情，安慰他道："我们的情谊不是吃不吃一顿饭的问题，是牵挂。你还牵挂着老师，老师也牵挂着你。洛桑，我后悔当初不该和你动手……"

"是我先冲您动手！都是我的错！"刘雪杉的话引起洛桑的自责和愧疚，向老师表白："其实，刘老师，我也知道您高风亮节，不在乎吃不吃顿饭……我是想借此机会和您说说心里话。"

瞅着已经是彪悍的高原汉子的洛桑，他的两眼流露出的渴望，刘雪杉看了看手表，说："好，我们简单吃点东西再去和老师们汇合——就在路边小店好了。"

"那怎么行？"看到老师点头答应，洛桑转忧为喜的瞬间又被接着的"路边小店"刺激了一下，说："那样的话，我怎么和同事们说起自己接待恩师的事，在路边小店吃了一碗牛肉面？"

"让你说着了！"刘雪杉道，"吃上一碗正宗的拉萨牛肉面，这可是我的最爱！"

"老师……"

"还犹豫什么？走吧？你不是要和我说说心里话吗？我的时间——不不，我们家访团的时间可是安排得紧紧的。"

洛桑只得点头应允!

小吃店老板娘热情地把洛桑和刘雪杉迎接到座位上,用不太流利的汉语问:"您喝什么茶?"

"酥油茶!"洛桑回答,再问老板娘:"有牛肉面吗?"

"牛肉面?有啊!"老板娘眼睛扫视刘雪杉,推介说,"我们这里好多名小吃。虽说是小吃,比大饭店的名吃地道还便宜。还有……"

"谢谢你!我们每人一碗面就够了!"刘雪杉截住老板娘的话,寒暄着解释,"我们还有事……有时间了再来品尝您这里的名小吃。"

"喔,那可以。"老板娘打量刘雪杉,"看打扮听说话,你是河北那个民族学院的老师?"

刘雪杉半开玩笑地问:"您会相面还是会推八字?怎么知道我是民族学院的老师?"

"是啊?"洛桑也纳闷,"刘老师没带河北师大民族学院的胸章,你怎么猜着的?"

"不用猜。"老板娘说,"这几年,每年暑假都有像这位老师这样的客人来,每人吃一碗面,不吃别的。"

"是吗?"洛桑睁大了眼睛。

老板娘继续道:"只吃一碗面、听他的口音、看他的举止,就知道他们是到西藏来学生家家访的老师,民族学院的老师。"

"你好眼力!"洛桑点点头。

刘雪杉听了,从心底里涌出几分自豪感。一定是自己的同事们在这里就餐,给老板娘留下了不错的印象。

"我越来越觉得我们的民族学院是教育界的一片净土。我是从那片净土成长起来的格桑花,决心做一辈子不让雾霾污染的格桑花！"

"好！"刘雪杉听了很欣慰。说话间，老板娘端上两碗牛肉面来，洛桑把筷子递给老师，说："老师，那就凑合着吃吧！"

"什么叫凑合着吃？这饭多香啊！"

洛桑笑着说："刘老师，我自从毕业，努力工作，服务大家，没给民族学院丢人……希望一辈子不给民族学院丢人！"

"你是一名共产党员了吧？要一辈子不给共产党丢人！"

"还是老师心装大格局……我记下了！"

每人一碗牛肉面，师生两颗炽热心。

3. 家乡的味道——丰盛简约都是情

民族学院家访团在西藏家访时的经历感动着老师们。

感动老师们的不是山珍海味端上餐桌，而是学生和学生家长体现出来的一家亲。

2021年的暑期家访，在19级2班真巴次仁家，主人盛情地请老师们喝"茶"解渴。而酥油茶是西藏人民喜爱的饮品。令客人惬意的是他们尝到了口感不一样的酥油茶，人人赞不绝口。连敬三大杯后，有两位对酒精敏感的老师感到醉意后方悟出来：喝的不是酥油茶，而是学生家长特意为老师们自制的米酒，而这又是藏族人接待最尊敬的客人的上品。知道是酒了，再可口也要节制了，但家访的气氛还在升温，真巴次仁的父亲用老师们听不懂的藏语向家访老师们表示敬意和谢意："你们给孩子们插上了美丽的翅膀，他们回来就可以在高原起飞了！"通过翻译感受到家长那比特制"酥油茶"还浓的情意，老师们情不自禁地"借花献佛"——端起"酥油茶"回敬真巴次仁的父母亲和家人："我们企盼着雄鹰在高原起飞!"

也许是孩子的家长看到了学业有成返回西藏的雄鹰在高原矫健的舞姿而欣慰、看到了孩子的未来而喜悦,执意挽留老师们,被婉言谢绝后,真巴次仁的家人们边送客边表示期望:"欢迎你们再来,再来!"

学生家长们挖空心思用当地最好的美食招待家访老师们。林芝是西藏地区风景秀丽的地方,这里的特色名吃是石锅鸡,而食材所用的鸡产自墨脱,当老师们知道这手工打造的石锅鸡的食材要请山民翻山越岭背过来,可以想象这石锅鸡的成本和代价不菲。享用美食的同时,老师们感受到了西藏人民的真挚情谊,吃进嘴里的是富有弹性的鸡肉和清香四溢的掌参,印在心间的是绝不辜负学生家长的期望,把自己的一切奉献给教育事业。

藏家兄弟又为老师们端上一道美食。主家介绍:"牛舌是我们这里著名的美食。它不同于牛身上其他部位的肉,它最大的特点是软嫩鲜美,烹饪方法有多种:蒸、煮、卤、烧、腌渍、熏制。吃牛舌一定要喝青稞酒,是我们这里的享受。"

家访老师中也有善饮者,但谁都清楚家访不是做客,是接地气地了解他们的需要和困难。在"2021年全国脱贫"的号召下,大家感受到了西藏的经济发展速度高于内地,人民的生活环境大有改观,但相差的距离还是有的,而改变西藏落后面貌的重任就在年青一代身上。为西藏培养社会主义建设人才,正是师大附属民族学院义不容辞、不能懈怠的责任和历史使命!随后的"家乡的味道",令家访老师们更坚定了自己的使命感!

我们把闫志军老师和王雪老师的家访文章摘录如下。

……按照护送藏族学生进藏并开展家访的安排,我和闫志军老师到（拉萨）学生土多克珠家家访。土多的爸爸和妈妈都是拉萨第二高级中学（后更名为拉萨市北京实验中学）的老师，在交流了土多在校一年的表现后，土多的妈妈央宗老师非常热情地为我们现场制作西藏特色小吃糌粑。两位家长把做好的糌粑捧到我们面前的时候，我感到手中糖块形状的糌粑是家长用虔诚的尊师之心做成，还带着热切的希望和对孩子未来的期许，同时散发着家乡的味道。平时，我是远离酥油制品的，而此时此景，糌粑散发和传递的暖流已经沁入我的肺腑，忌口酥油的嘴巴情不自禁地接受着手送过来的糌粑，美美地品尝着。与此同时，一股浓郁的藏家味道和燕赵大油条香甜交融，像师生不解之缘那样令人快慰、幸福。

还有许多家访中感人的故事，吃的是地方特色，感受到的是五十六个民族一家亲——我们五十六个兄弟民族的文化差异虽如一个巴掌上的指头，有长有短，但是不可分割的。

让我们再欣赏一篇杨鑫老师的昌都那曲家访的体验吧！

今年我们民族学院安排了家访任务，计16人分3个方向进行家访。由学院领导刘森院长带队、闫主任总策划，刘亚军老师、王雪老师和我组成的五人家访小分队到昌都那曲家访。此次家访活动历时7天，行程3000公里，分3个地市6个县，家访孩子11名。可以说这次家访是我有生以来最独特也最有神秘感的一次"旅行"——履行一次带有使命感的长途跋涉和人文生活体验。正如视察我们学校时那位省领导指出的：你们（指西藏班的老师）只有进入西藏，走进学生家庭，才能真正地了解学生和深入到学生内心，了解学生家长的需要和西藏的需要；而学院领导强调的只有家访才能"有针对性地开展教育工作"高屋建瓴，是通过家访西藏行体会到了的。

一、加强老师与学生家长的沟通事半功倍

在日常工作中，老师和学生家长的沟通仅限于电话或者微信，尽管当学生在学习生活中出现问题甚至犯错误的时候可以随时联系，但很难就沟通的问题深入探讨和分析出现问题的原因和根源，更不用说深入探讨孩子的内心世界以及家庭环境影响。而走进孩子的家既对家庭有了直观了解，又能和家长面对面地接地气交流，譬如家庭结构、生长环境和成长经历、健康状况（包括精神健康状况）、原学习环境、在家时的表现等综合信息，不但便于和家长找到共同语言——家长们会清楚民族学院的教育理念、援藏教育的方针政策、学院工作状况乃至学生在校的学习成绩和日常表现、行为细节、学习态度和生活习惯等。而且家长们的对学院教育的祈盼希望、对孩子的期望要求等，通过近距离面对面地交流也可"快速"通达心扉，融合感情，对于今后的教育工作有着积极的推动作用。

二、加强了老师和学生的沟通与信任

由于课程安排紧凑、课后作业较多，学生空闲时间较少，老师和学生单独交流尤其思想交流的时间甚少，更没有机会像家访这样"接地气"的聊天了，往往是当学生犯了错误出现明显问题的时候才能就事论事地面对面进行教育。即便可以在这样的情况下得到一些学生家庭的基本情况，也是浮在面上的东西。但有一点是肯定的，那就是学生家长对千里之外求学的孩子抱有的共性认知：希望自己的孩子通过到民族学院来学习而改变孩子的命运。

要改变命运，就要改变自己和快速发展的社会主义前进步伐相适应的学习态度和不仅仅为个人奋斗的学习精神。

当然，老师理解学生也是教育工作中重要的一环。有的学生很有思想也有理想，语言表达能力和思维能力都不错，而学习生活中的一些言行举止令老师难以理解——有的学生自命不凡，有傲慢心理；有的学生因家境贫寒，学习成绩不理想而自卑甚至自弃，不求上进；有的学生因父母是知识精英而自负，有的学生很优秀难以接受一时的失败挫折……这些都是在课堂上难以深入了解的内情，在家访过程中则可以"轻易"得到。

三、加强孩子与家长沟通，形成教育大环境通畅的内循环

从另一个侧面来分析，家访也会给一部分学生带来心理压力：以为家访就是老师向家长告状，引起家长对孩子的不满甚至惩罚，使得学生在家长和老师面前沉默不语，却心藏对策。

但是，民族学院老师们的家访之行不是告状，也不是拔苗助长，而是该浇水的浇水，该施肥的施肥，该扶持的扶持，不让一个学生落伍，让学生更加茁壮成长。

家访老师们的实际行动，让那些"心藏对策"的学生也敞开了心扉——干枯中的幼苗得到了浇灌，营养不足的苗儿得到追肥，家长和老师"一拍即合"，学生和家长皆大欢喜，为做好教育工作奠定了基础，为民族学院整体教育水平的提升营造了良好的氛围。

山高路险难阻，历史使命激励。家访老师们另一个行动感动着西藏教育同行，也令在校学生和学生家长感动——忙里偷闲访问往届师大民族学院的毕业生；而闻讯赶来看望老师的早期毕业生们的情感、举止令西藏教育界同行心悦诚服。

总之，家访不虚此行、难以忘怀。我认为这也是我们家访老师们的一个学习的机会，更好地理解举办援藏教育事业的重要性，

忠实地履行党交给我们的历史使命。能为国家民族大团结贡献自己的一份力量，为西藏培育改变环境的格桑花，使我快慰今生。

4. 手心手背都是肉，少一点儿都不是健康之躯

学生家人的倾情欢迎和接待、西藏教育厅同志们的热情和周到安排，令家访老师们感动、愉悦，而生活在美丽西藏的人民的生活状态让大家唏嘘不已：和内地相比，西藏要落后内地多少年啊！

西藏教育厅的同志引领家访团浏览拉萨市容，然后参观布达拉宫。

布达拉宫，位于拉萨市区西北玛步日山上，第五套人民币中面额50元的纸币背面印有的风景图案就取材于布达拉宫，可谓中国家喻户晓的名胜古迹，它是全球海拔最高的集城堡、寺院和宫殿于一体的建筑群，宏伟、庞大、完整的建筑群依山而建，群楼重叠、层次分明、错落有致。宫殿高二百余米，奇妙的是外观十三层、内数十一层，结构十分巧妙。据载乃是吐蕃王子赞普松赞干布为迎娶文成公主而兴建，从某种意义来讲，也是中华民族多民族历史的渊源的一个实证。1961年，被国务院公布为第一批全国重点文物保护单位，1994年被联合国教科文组织列为世界文化遗产，为世人关注。

走进布达拉宫，陪伴家访团参观的省教育厅干部介绍说，它曾经是西藏地方政府的办事机构所在地；外墙为红色的红宫处于布达拉宫中央位置，而围绕历代达赖的灵塔修建了诸多经堂佛殿，与白宫连为一体，彰显藏传佛教风韵。

除了赞叹建筑之美，并不熟悉藏传佛教文化的老师们话语不

多，或许是家访之旅记忆犹新，地域之别的情景在心中交织而别有一番滋味在心头。回到下榻宾馆，家国情怀深重的老师们的话题不可能绕开布达拉宫和大部分学生家庭的生活状况，有感而发。

"这趟没白来，没白来！"刘亚军一边翻看手机拍摄的照片一边感慨，"通过家访，才知道比我想象的还要艰苦。我在想啊，西藏教育要达到内地的水平，还得有很长的时间。"

"看来，我们的民族学院还要长期办下去。"绰号杨柳青的那位语文老师点点头。

刘亚军调侃她："你还想回到一中去过有班有点儿的教学生涯呀？在民族学院也不错呀？省的每天按时回家给你那口子当不挣钱的'保姆'啦！"

那位语文老师乐呵呵的，不予辩解。

院长刘森道："不回家当保姆，在学校里当没血缘关系的妈妈也不清闲呀？每班几十个脾气秉性各异的孩子，难伺候着哪！"

"那有什么办法！"刘亚军咧嘴笑笑，"我现在算明白老校长的话了：'手心手背都是肉，少一点儿也不是健康之躯'。现在，我们守着鸡鸭鱼肉都不知道吃什么好了，住上一百平米的房子还嫌不宽绰；看看藏区人们现在过的日子，就想起我们几十年前的日子……一个国家经济发展不平衡，就好比一个强壮的人一条腿是瘸着……想起来真不是滋味儿！"

刘森道："是啊！省领导让我们家访的主意有战略眼光！嗯，我们明天还要到学校访问，还不知道会是什么样的状况啊！"

5. 家访计划外的偶遇，才知道已桃李藏区红

俗话说的望子成龙，那是对晚辈的期盼——希望自己的孩子

长出息、有一个"理想"的未来。西藏同胞们也一样。

走进藏区,风景独特,高入云端的山顶白雪皑皑,或者寸草不生的山间干涸荒凉。青藏高原少见水源,而闻名于世的雅鲁藏布江在珠穆朗玛峰山脚下流淌着,在拉萨南翼掠过,滋润着华夏西域的山川大地,再向境外流逝……

近河富裕近水昌。阿里地区有森格藏布狮泉河等数条域内河流,也有高山湖泊,但河水一条线,在高山峻岭之间流淌而过,即使河岸人家也几乎与水无缘,往往在眼皮底下流逝。

不仅缺水,也少人气——有位到过阿里的驴友感慨地说:"朝发小城晚求宿,翻山越岭不见人。"可见在这里任教当老师何等的不易。

家访艰苦跋涉,路过札达县的一家山乡小学,出租车司机要给汽车水箱补水,两位家访老师卜一、田凯下车透透气伸伸懒腰,被从小学里走出来的一位藏族女青年注意到了,打量着他们,向他们走来。

"卜老师……还有田老师!"走过来的藏族女青年又惊又喜地打招呼。

"你是?"

卜一和田凯打量着,一时辨别不出面前的女子是何人。

"我瘦了黑了老了,老师认不出我来了?"藏族女青年俏皮地反问。

卜一、田凯还是不敢认,两人互递眼色,也互露尴尬和迷惑。

"我是您的学生——师大附属民族学院毕业生咏域。"

"哦……"

思索之后,卜一想起来了,对田凯道:"和学生时期的咏域变化不小,女大十八变么!"

"我在咱们这里上学时，拍了照片寄回家去，妈妈说我变得白了、漂亮了。现在又瘦了黑了，像经秋风秋雨摔打的黄瓜了，难怪老师认不出我来！"

两位老师被逗乐了。

"老师，您是家访来的吧？怎么没安排到我家呀？"咏域笑着说，"到我们学校指导指导吧！"

"你在这里任教了。"卜一关切地问，"还好吧？"

咏域道："还好，苦中有乐。"卜一对田凯道："趁司机加水的时间，我们到咏域她们学校里看看。"咏域笑道："学校就我一个老师和十一个学生。"田凯幽默地道："卜一老师也没说错，你加上十一个学生，在卜一老师心目中也是'她们'呀？"咏域道："你看，离开学校就是'她们'了！可我和同学们说起民族学院来，我们还是说'我们的老师谁谁谁'！"卜一道："你咏域的嘴巴比学院讲演比赛得季军时更厉害了！"咏域道："我一直为只得了个季军耿耿于怀，练呀练——可惜没有那样的比赛机会了！"

"那时，你就是个好强的女生。"卜一搭话。

咏域道："当了老师，怀念起自己的学生生活，可想念了！"

"嗯。有道理。"田凯说，"好多人有同感。"

走进小学院内，卜一打量着校舍对田凯道："新盖的房子，挺好的。"再看教室里干净整齐的桌椅，讲台墙上的现代化教学板，点点头："一点儿也不落后。"咏域道："这是札达援藏干部、李副县长个人掏钱捐赠的。他是石家庄来的援藏干部，人可好了！"

卜一、田凯当然知道，札达是石家庄市援藏对口县。在札达大山里与学生不期而遇，不仅仅学生咏域喜出望外，老师卜一、田凯也十分高兴：在边疆一个县的边远山村小学见到从民族学院毕业的学生任教，可见西藏教育厅同志"在西藏，随地都可以看到河北师大附属民族学院毕业回来，从事教育工作的格桑花"的话并非妄议。

"咏域，你在这里工作怎么样？有什么困难吗？"往往把学生生活中的困难当作自己的问题来帮助的卜一，关切地问。

咏域俏皮地反问："两位老师到学生我的家门口来了，是我该问老师有什么需要我做的——老师，您说！"

学生是真诚的，卜一和田凯体会到了什么是纯洁、有爱心的师生情，那是民族学院那片净土培育出来的结晶。感激的同时，两位老师解释说学院领导对这次家访做了充分的准备，对行程的各个细节都部署的认真细致，没有什么需要帮助的。卜一叮嘱咏域：工作环境艰苦，只有她一个老师教育、陪护十一个学生，既当老师又做家长，要劳逸结合好。咏域坦然地对两位老师道："没什么，这是我心甘情愿的——当年老师们给我做出了榜样啊！我照着做就是了！"

"那也是'青出于蓝而胜于蓝'啊！"田凯感慨。

说话之间，出租车司机已经为车加好了水，用还算流利的普通话道："我看出来了，你们是师生喜相逢！"

"不期而遇。"卜一解释说。

出租车司机道："别的不知道，我知道的是我遇到的。这些年，我多次为从河北师大附属民族学院来西藏家访的老师们服务，都那么平易近人又真切，没一点虚情假意，都是实打实的！"

出租车司机的一句话感动了卜一和田凯。他说："你们来的人都是当老师的呀？近朱者赤近墨者黑，我们领导都说我像换了个人似的！"

司机一番话，听者别样情。和咏域道别，上车继续前行，卜一和田凯那颗激动的心久久不能平静，无形的动力在胸中萦绕——省领导鼓励并推进的家访工作多么必要和切合实际，也体会到了民族情在磨合中更加凝结、牢固。

6. 家访策划充满匠心，和时间赛跑还接地气

院长刘森是民族学院现任院长。从师大毕业留校工作开始，历经师范大学办公室主任，体育学院院长，新闻传播学院院长再调任民族学院院长，可以说，已"知天命"的他，青春、事业、心血、都倾注在这座闻名燕赵大地的百龄校园里。

矢志不渝地献身教育事业，是刘森刻在自己心间的座右铭；坚守在母校师范大学历练，是刘森坚定的选择。任职民族学院领导，融入盛开格桑花的园区里，他才感到民族学院院长肩上的担子何只重千斤？挑担子在肩、稳稳前行才是关键，而关键中的关键是再现辉煌。

挑担子前行，可不轻松。有的时候，领导者脚下的路是由软钢丝构成的，脚下要稳，摆动要维持平衡，两眼盯着的是前方的目标……刘森心中那前方的目标是什么？笔者在思考。

河北师范大学所属学院当中，民族学院的院区虽不是很大的，学生也不是最多的，但却是园林里格桑花聚集、多民族花开的园区。她又不同于中央民族大学那样按部就班招生和实施教学，时有"混插"、时有演变，还要融入国家教育体系进程，不是轻车熟路的驾驭，而是在既定的方向一边探索、一边团结广大教职员工破壳蜕变——成为一只飞到教育园林高枝蜕变的金蝉。

让我们回过头来再看家访方案策划制定，就不难理解家访行程为什么那样"特立独行"了！

携同事到西藏的学生家家访,不像集体旅游那么惬意随意,出发之前,院长和书记同领导班子一起主持制定了家访程序、细则和注意事项,把自己和随行老师们"框"在了纪律的"笼子"里。

河北师范大学附属民族学院
西藏班2021暑期深度家访方案

西藏班学生来内地求学,正处在人生观、价值观形成的关键时期,他们远离家乡,远离父母,有效的家校联系是护佑他们健康成长的必要方式。为更好落实立德树人根本任务,深入了解内地西藏班学生求学心路历程,更加深刻理解内地西藏班办学的重大意义,河北师范大学附属民族学院计划利用护送西藏学生返藏之际,深入自治区内开展家访活动。为了确保家访效果,特制订本方案。

一、活动主题 用情、用心、用力、共筑成长梦

二、家访对象 2019级、2020级部分学生

三、参与家访成员

刘 森 白少双 闫志军 武静东 张 亮 王 雪

卜 一 田 凯 刘亚军 杨 鑫 王松涛 曹健鹏

刘 静 盖素凤

四、活动时间

2021年7月6日——7月21日

五、活动形式及要求

为了强化西藏班教室关于党史、西藏发展史的学习,将家访工作落实落细,切实了解和掌握学生的家庭情况及家长的重要关切,学院精心设计、周密部署,多次召开碰头会、专题会,制定详细的家访路线和工作方案,认真筛选家访对象,并做了周密的

前期准备。

（一）家长会组织及要求

1. 提前预定到藏宿住包括会议室

2. 各年级分班邀请家长参会并提前统计参会家长人数

3. 制作PPT、确定主讲人、准备讲座稿件

（二）分组家访及要求

1. 分组情况

（1）昌都方向

刘森、闫志军、刘亚军、杨鑫、王雪

（2）阿里方向

白少双、张亮、卜一、田凯

（3）山南、林芝方向

武静东、王松涛、曹健鹏、盖素凤、刘静

2. 工作要求

（1）整个家访强调"两不""两提前"和"两适当"的工作原则，即"不观景，不给受访家庭增加负担"；"提前准备，增强家访针对性，提前预约，不搞突然袭击"；"上门时间要适当，沟通方式方法要适当"。

（2）强调促进家校沟通、实现家校共育的工作目的，不给学生及学生家庭带来心理压力。

（3）及时总结。家访过程中要随时记录学生家庭的特殊情况、家长期许以及特殊事例，家访结束后，每位教师提交一份家访总结。

（4）分组汇报。开学前，每组选择一名教师代表向全体教工汇报本组家访经历及家访心得。

附：家访费用使用

家访经费包含参与家访教师进、出藏交通费用，家访租车费用。西藏住宿费用。慰问学生购买慰问品等。

六、家访名单和路线

（一）昌都方向家访路线设计及行程安排

昌都方向家访学生名单

序号	学生姓名	班级	所在地区	联系电话
1	丁增多吉	2001	昌都市八宿县	略
2	斯朗伦珠	2002	昌都市察雅县	略
3	美郎松布	1901	昌都市丁青县	略
4	伍金顿珠	2004	昌都市贡觉县	略
5	顿珠江村	1902	昌都市贡觉县	略
6	泽仁旺修	2001	昌都市卡若区	略
7	次仁拉姆	1902	昌都市卡若区	略
8	洛松扎西	1903	昌都市左贡县	略
9	斯朗拉西	1901	昌都市卡若区	略
10	洛松向巴	2005	昌都市八宿县	略
11	次旺久美	1902	那曲市巴青县	略
12	拉巴次仁	2005	那曲市色尼区	略
13	索朗嘎旦	2001	那曲市索县	略

1.8日中午到达拉萨，入住天河宾馆，短暂调整，根据教师身体情况决定是否安排家访。

2.9号上午家长会，下午13：40乘D8993列车前往林芝，入住林芝万青堂；11日退房离开。

3.11日早乘出租车前往八宿县，家访丁增多吉，晚住八宿四季明珠供氧酒店；12日退房离开。

4.12日前往左贡县，家访洛松扎西，夜宿左贡县国噶发展有限责任公司宾馆；13日退房离开。

5.13日往察雅县，家访斯朗伦珠，夜往昌都，入住锦熙印象酒店；15日退房离开。

6.15日前往丁青县家访美朗松布，夜宿西藏丁青岭格萨大酒店；16日退房离开。

7.16日前往巴青县（约4小时车程时间），到巴青县次旺久美家家访；再往那曲县（约4至5小时车程时间），夜宿那曲江元宾馆；17日退房，到拉巴次仁家开展家访；当晚19：17于那曲火车站上车，19日返校。

（二）阿里方向家访路线设计及行程安排

阿里方向家访学生名单

序号	学生姓名	班级	所在地区	联系电话
1	久美顿玉	2001	日喀则市岗巴县	略
2	洛桑嘎旦	1904	日喀则市桑珠孜区	略
3	楚星伦珠	1901	日喀则市桑珠孜区	略
4	云旦	1904	日喀则市桑珠孜区	略
5	次仁普赤	1903	日喀则市谢通门县	略
6	次热益西	2004	阿里地区孜则县	略
7	桑杰次仁	2002	阿里地区革吉县	略
8	桑巴伦珠	1902	阿里地区普兰县	略
9	格桑央培	1902	阿里地区狮泉河镇	略
10	旦增元旦	2003	阿里地区札达县	略
11	旦增桑旦	1902	拉萨地区墨竹林卡县	略
12	赵屹	1902	拉萨地区城关区	略

1.8日中午，卜一、张亮、田凯到达拉萨，入住天河宾馆，短暂调整，根据教师身体状况决定是否安排家访。

2.9日对拉萨市（布琼、旦增群增）家访。

3.10日上午家长会，中午白少双到达拉萨，下午前往墨竹林卡县对旦增桑旦进行家访，晚上回天河宾馆。

4.11日对市区赵屹进行家访，做去往阿里家访的准备。

5.12日上午退（天河宾馆）房间飞阿里机场，由预订租车公司接机，直接去普兰，预计15：30到普兰，家访（桑巴伦珠，普兰镇多油村），晚上宿住普兰县民玺大酒店；13日退房离开。

6.13日9：00乘出租车往札达县，预计14：00到达，就近简餐（午餐）后家访（旦增元旦，托林镇托林村；墩珍吉，托林镇托林村）；晚间入住札达县土林城堡酒店，14日退房离开。

7.14日9：00，甲组自驾车出发，白少双院长、田凯、往改则，预计23：00到达，宿改则县宏昌宾馆。15日家访（次热益西，白玛……居委会鲁仁村），夜宿改则县宏昌酒店；15日退房离开；乙组，教育厅石岩处长、卜一乘车往噶尔地区家访（格桑央培，地区电信公司象雄小路；央珍，地区幼儿园家属院）。晚宿噶尔地区阿里旅投酒店；16日退房离开。

8.15日11时，白院长、田凯于15：30到革吉县午餐，家访（桑杰次仁，革吉县布贡一组），17：30噶尔地区住阿里旅投酒店；16日退房离开。

9.16日上午10：00出发，租车往日喀则地区。

10.17日凌晨4：00到达日喀则地区入住地区酒店，上午10：00租车对日喀则地区学生（洛桑嘎旦、楚星伦珠、云旦）进行家访。18日退房离开。

11.18日10：00出发，分两个方向，白少双去谢通门县家访次仁普赤；田凯去岗巴县家访久美顿玉）。家访结束后在日喀则地区汇合，15：00乘车往拉萨市，晚宿拉萨天之瓴；19日退房离开。

12.19日白少双乘机，卜一、张亮、田凯坐火车返校。

（三）山南、林芝方向家访路线设计及行程安排

山南、林芝方向家访学生名单

序号	学生姓名	班级	所在地区	联系电话
1	罗布顿珠	1904	拉萨市曲水县	略
2	格桑平措	1904	山南市浪卡子县	略
3	尼玛旦增	1903	山南市琼结县	略
4	古桑卓玛	1903	山南市桑日县	略
5	蔡欣月	1901	林芝市下察隅镇	略
6	温温	1904	林芝市下察隅镇	略
7	王梓涵	2005	林芝市巴宜区	略
8	段然	1901	林芝市巴宜区	略
9	次旦拉姆	1901	林芝市巴宜区	略
10	益西央宗	1901	林芝市羌纳乡	略
11	贡觉桑旦	2003	林芝市派镇	略

1.8日中午到达拉萨，入住天河宾馆，短暂调整，根据教师身体状况决定是否安排家访。

2.9日下午家长会。

3.10日一早乘出租车往山南市，家访罗布顿珠、格桑平措、尼玛旦增，夜归山南市，入住维也纳酒店；11日退房离开。

4.11日前往桑日县，家访古桑卓玛，中午乘火车前往林芝，夜宿林芝市云栖荟舍酒店；12日退房离开。

5.12日乘出租车往察隅县，行程一天时间，夜宿察隅非凡商务酒店；13日退房离开。

6.13日乘出租车往察隅镇家访蔡欣月、真巴次仁、温温，夜宿波密藏立景观主题酒店；14日退房离开。

7.14日前往林芝市，下午到林芝市辖王梓涵家址家访，夜归林芝市，宿云栖荟舍酒店；15日退房离开。

8.15日乘车在林芝市和米林县家访段然、次旦拉姆、益西央宗、贡觉桑旦，中午乘火车返回拉萨，夜宿天河宾馆。

9.16日王松涛乘火车返回石家庄。

10.17日，武静东、曹健鹏、盖素风、刘静乘火车返回石家庄。

各位参与家访的教师要深入了解学生所需，解决涉及学生身心发展、学习生活方面的实际困难和问题，走进学生内心，做学生的良师益友，做学生成长的参与者、助力者和成就者。

河北师范大学附属民族学院

2021年7月1日

阿里、昌都、山南林芝，走进三十个区、镇、村，四十七个家庭，和上百名学生家长屈膝交谈，院长刘森和同行的老师们感触颇深，几千里行程就是搭起从石家庄到西藏的一座美丽的彩虹桥，这座彩虹桥把民族之心链接起来，为党的大格局中有目共睹的一座民族大团结之桥护牢加固、增光添彩。

几十天的采访和共同生活，多少次的敞开心扉的聊天，同在学生餐厅进餐，共赏学子们节日里欢歌劲舞的热烈场面，这里的生活和学习环境的"与众不同"。家访老师们无需家访对象住宿餐饮接待，而是奉献；他们和时间赛跑为的是拉近师生情；他们送去了党对西藏教育事业的关怀也收获了浓厚的民族情！这是特色社会主义新时代唱响的一曲既婉约柔美又壮丽和谐的神曲！

笔者情感所致，吟有自己玩味的园丁之歌。

社会上的职业千万种，

人民教师我情有独钟：

这不仅仅是一种职业，

而是践行神圣的使命。

名和利都抛到了脑后，
奉献爱心甘当一名园丁。

这里是一座美丽的花园，
一年四季犹如春天：
虽然也有风雪来袭，
老师们把严寒挡在外边。
百花间也有伴生的小草，
园丁一样精心浇灌。

使命感和职业操守并行，
我们的爱心保持永恒：
满园花开分为四季，
园丁无暇消极或怠工。
心血汗水不会白流，
百花仙子就在这花园中。

七

师生研学行，喜马拉雅山到老龙头的一脉相承

让我们走进师生们的研学之旅——

1. 西柏坡——新中国从这里走来

革命圣地西柏坡迎来了一支"特殊"的瞻仰队伍，他们就是河北师范大学附属民族学院的师生们。迎面是五尊铜像——解放战争时期党的五大书记毛泽东、周恩来、朱德、刘少奇和任弼时。领队老师指挥同学们列队，耿坚发出口令："立正，向开国领袖行注目礼！"

同学们听令，行注目礼。

"好！"耿坚挥挥手，"我们到革命纪念馆参观。同学们，要认真听讲解员为我们介绍，用心记下。不是已经告诉你们了吗？学院将评选出研学活动的优秀作文给予奖励。排着整齐队伍进馆。向左转，齐步走！"

没有行进中的口令"一二一"，大家还是步伐整齐地进入革命展览馆参观展览。

第一次走出校门远行,第一次来到如雷贯耳的西柏坡革命纪念馆,耳听目看,解说员边解说边指着画面,尤其解说到指挥三大战役部分,有个同学情不自禁惊叹起来：

　　"毛主席指挥三大战役就在那几间土屋子里呀？"

　　"认真听！"身旁的佟老师（化名）叮嘱,"一会儿到西柏坡革命旧址参观,到时统一解答。"

　　那位发问的学生德玛点点头说道："是……没想到这么简陋的呀？"

　　三大战役指挥史乃是西柏坡展馆的主题,是中国革命史诗。虽然只听讲解、只浏览了数以千计的历史画面,还是在学生们的脑海里留下了初步印象。当来到还原的西柏坡革命旧址时,同学们实打实"穿越"到了那遥远的年代里！

　　——毛泽东主席竟然在如此简陋的房舍里,指挥着战场上的小米加步枪的百万人民子弟兵,战胜了飞机大炮美式装备的国民党八百万大军！

　　——总司令住宿兼办公的地方同样简陋,硬板床粗木桌椅板凳！

　　——周恩来、刘少奇、任弼时的生活环境同样四壁皆空！

　　——总司令部、参谋部、政治部和后勤部拢共不过一座小院的几间土坯房！

　　……

　　随着讲解员的讲解声,同学们沉默了！

　　"你在想什么呢？"佟老师问身旁的学生德玛。

　　德玛说的是心里话："老师,我明白那句话了：'忘记历史就意味着背叛'——我们也绝不能忘记中国共产党领导人民进行革命斗争的历史！"

"我们大家都不能忘记！"佟老师深情地望着一间间"不起眼"的土坯房，深情地道："我们的革命江山是用烈士们的骨肉筑成的！革命前辈们在长征路上吞草根吃雪水的时候，他们的梦想就是为了我们今天的幸福生活。而我们呢？"

佟老师望着德玛。德玛理解了老师的话意，说："我们的祖国越来越强大了，历史正在把中华民族重新推向世界舞台的中心。可是，'西方'反华势力一手晃着胡萝卜，一手挥舞着大棒，阻止、打压我们……"

"岂止是阻止、打压？"佟老师苦笑着，"他们还武力威胁，贼心不死！"

"耿书记也这么说。"德玛若有所思。

"要中华民族长治久安，人民生活更幸福，就要听党中央的话：做民族复兴的忠诚战士！"

佟老师说着向德玛打个手势，"跟上队伍……有的问题以后可以慢慢探讨，或者在研学过程中就会想明白了。"

望着身材小巧玲珑的佟老师，有志教育事业的德玛更加崇敬佟老师，也暗暗鞭策着自己：努力学习，自己才会成为明天的好老师。正因德玛有心，进修毕业回到西藏，她成为雪域高山上一个载满盛誉的园丁，那是后话。

2."我们去看北京天安门"

天安门，中国人民情有独钟——自从开国领袖毛泽东主席在天安门城楼上宣布"中国人民从此站起来了"，中国人民再也不受国内外霸主的欺辱，有了做人的尊严；社会主义的祖国从一张白纸绘起，由王麻子剪刀到汽车飞机，由洋油洋火（火柴）到火箭卫星上天……走过了坎坷艰难的历程，绘出了壮丽的画卷；改革开放，人们的日子好过起来，而这台阶式的进步，都随着代代领导人顺着台阶登上天安门城楼而兴盛，是历史的见证。

西藏来的孩子们虽然稚嫩，可内心包藏着深情：那句耳熟能详的"在北京的金山上"也是歌唱家才旦卓玛的成名曲，那是藏族人民发自内心的倾诉。毛泽东主席谢世了，但永远活在人们心中！

"孙女，到了北京天安门，替我向毛主席敬个礼！"

这是德玛的爷爷叮嘱过自己的话。来到金水桥上，德玛向城门楼上毛主席的画像深深鞠躬，两眼饱含着无限深情。她的情感是真挚的，翻身农奴的爷爷没有机会来北京看天安门，可爷爷的挚情激励着孙女。

她身旁的佟老师理解德玛此时的心情——来北京的列车上，她睡意朦胧却呓语可听："我要去看北京天安门，到纪念堂看毛主席！"

站在金水桥上的德玛四下张望，天安门广场开阔宽大，前方和两旁宏伟的建筑令德玛心潮起伏：人民英雄纪念碑高耸入云，"人民英雄永垂不朽"八个金色大字照耀时空——人民的幸福，民族的振兴，是无数革命先烈用血肉和忠骨把幸福的道路铺平！

登上天安门城楼极目远眺，德玛更是心潮澎湃。右看人民大会堂，仿佛看到了十四亿人民共同执掌的法槌高悬。左看中国历史博物馆，五千年历史画卷闪耀其中。生于上个世纪60年代末的佟老师感慨不已，对身旁的德玛道："1949年10月1日，毛主席在这里向全世界庄严宣布中国人民从此站起来了，我们五十六个民族兄弟姐妹跟着党阔步前进，走上了社会主义的康庄大道！"德玛深情地望着老师，情感溢于言表："我懂了'只有社会主义才能救中国'的道理，也懂得了中国人民的幸福感就在社会主义的大路上！"

佟老师听了深情地望着德玛："你说得对！要努力学习好本领，为社会主义事业贡献自己的一生！"

"嗯，我会的。"

他们依依不舍地走下天安门城楼，来到天安门广场。

走近广场中央的人民英雄纪念碑，想起在西柏坡的所见所闻，德玛心情激动又沉重，"人民英雄永垂不朽"八个金色大字，凝结着中国人民的伟大领袖毛泽东主席的英雄观——而由主席撰文、周恩来总理法书的碑精辟体现了这一点：

三年以来，在人民解放战争和人民革命中牺牲的人民英雄们永垂不朽！三十年以来，在人民解放战争和人民革命中牺牲的人民英雄们永垂不朽！由此上溯到一千八百四十年，从那时起，为了反对内外敌人，争取民族独立和人民自由幸福，在历次斗争中牺牲的人民英雄们永垂不朽！

在同学中，德玛是个博学的青年学子。从媒体上不只一次看到过人民英雄纪念碑那八个金光闪闪的大字，也浏览过百余字的碑文，而近距离仰望丰碑，令德玛肃然起敬、心潮涌动。只见佟老师激情称颂：

碑文字字珠玑，"中国人民政治协商会议"十字落款深入人心：一党执政多党协商创古来政体；英雄百万拥东方巨龙腾身。民族崛起不忘先烈捐躯，祖国强盛必有亿万人民同为龙吟。荣与辱碑文可现，生与死精神永存！社会主义道路正延伸，共产主义理想浴乾坤！

佟老师问德玛："瞻仰人民英雄纪念碑，你有何感想？"

德玛下意识地环顾天安门城楼高挂着的毛主席画像、庄严的人民大会堂、雄伟的人民英雄纪念碑，再把目光投向神往的毛主席纪念堂，心情格外激动，明白佟老师不是喊口号，而是发自内心的呼唤。略加思索，德玛深情地道："革命前辈和为国牺牲的烈士们用他们的血肉铺就了阳光大道，我们是革命的后来人，要沿着阳光大道勇往直前！"

佟老师满意地点点头。

3. "毛爷爷，我们家常年供奉着您"

在长长的瞻仰毛泽东遗容的队伍里，学生格桑前看了后望，队伍蜿蜒蠕动在天安门广场，前可见头、后不见尾，便有些着急："今天怎么这么多人呀？还得排多久呀？"

"不只是今天人多——开放时间基本上都是这样。"王英感慨，"主席谢世已经几十个年头了，人们没有忘记他老人家，从山南海北赶来看望他。"

学生彭诗拉用手捋捋被微风吹拂的秀发，对带队老师耿坚说："从我记事起，我家镶到镜框里的毛主席像一直挂在堂屋正面墙上。我爷爷在世的时候，经常用干净的软布小心翼翼地擦去落到上面的浮尘。每逢固定日子，爷爷都上香祈祷。"

"上香祈祷？"耿坚下意识地问，因为敬仰和怀念毛主席的人们，很少有照祭祀传统礼仪上香的。

彭诗拉解释说："我爷爷是农奴，受了半辈子的苦。解放后才被解放军从农奴主那里解救出来,对共产党感恩戴德一辈子。爷爷临终嘱咐我爸爸妈妈:'我可以忘掉,什么都可以不在乎,但毛主席共产党的恩情不能忘!'爷爷还嘱咐我'你是藏族(妈妈)和汉族(爸爸)的女儿,长大了,要做民族大团结的模范啊!'"

耿坚听了格外感动,仿佛老人家叮嘱时的情景就在眼前。

耿坚说道:"诗拉,老师预祝你完成爷爷的遗愿,不负爸爸的期望,做一个民族大团结的楷模!"

"嗯。"

说话间,他们依次踏上了毛主席纪念堂的台阶。兴奋的人们马上变得严肃起来。走进肃穆的大厅,人们的目光仰望着在屏幕画面上见到过的毛主席汉白玉雕像,列队敬礼,然后跟着瞻仰开国领袖遗容的队伍缓缓前行。当队伍绕行水晶棺、透过水晶棺深情地望着长眠的伟大领袖时,人人动容,仿佛有千言万语要倾诉……彭诗拉默默地道:"毛爷爷,我们家常年供奉着您。因为有了您,才有了新中国,有了人民的幸福。我一定做一个维护民族大团结的人!"

笔者得知此景感慨有诗:

神州繁衍几千年,
百姓生活乐几天?
倭寇辱华君预料,
奸贼误国士揭竿。
长征因你才得胜,
建国聚英开笑颜。
万里江山不褪色,
中华崛起更无前。

依依不舍地走出了毛主席纪念堂，佟老师泪目未干。心情不能平静的彭诗拉对老师道："老师，我一定做一个继承毛主席遗志的好学生，一辈子忠于党，紧跟党中央的战略步伐，为民族大团结奋斗终生。"

耿坚点点头："革命的旗帜不能倒——我们一代代接力传下去，国家才有前程，人民才有希望。"

"嗯！"

走出毛主席纪念堂的彭诗拉还一步三回头。爷爷奶奶爸爸妈妈深情合唱的歌声此时在脑际回响，彭诗拉情不自禁唱起来，研学队伍融入了天安门广场瞻仰毛主席遗容的人们的合唱声中：

东方红，太阳升

中国出了个毛泽东

他为人民谋幸福

他是人民大救星

……

不用言语，人们都感觉得到：火热的心在同一个节奏跳动着！

4. 万水千山都是情，我们都是画中人

游览了颐和园，再爬万里长城。八达岭长城举世闻名，多少人慕名攀登！

"祖国，我爱你！"央金不会作诗，但情不自禁，大声唱起了喜爱的歌曲"我爱你中国……"

随即，不仅仅研学之旅的民族学院师生，来自五湖四海的旅

游者们也融入歌声中：

百灵鸟从蓝天飞过

我爱你中国

我爱你中国

我爱你中国

……

我要把最美好的青春献给你

我的母亲我的祖国

歌声在燕山山脉、在北国大地、在茫茫宇宙回响！激情中唱响的德玛看到：佟老师的眼睛里又闪烁起晶莹之光！

研学行程的下一站是老龙头。与冰雪常伴的学子们望着波涛汹涌、一望无际的大海，有的情不自禁跳跃起来，用藏语和普通话喊叫着："老龙头！""太壮观震撼了！"

来自青藏高原的学子们心潮澎湃。

"在家乡感到天阔地远。研学一路的风光真美！真是地大物博呀！有壮丽美，有绮丽美，有建筑美，有人文美……总起来说，到处都是美！"

——被誉为"校园诗人"的高中部的一位学子感慨万分。老师武静东道："登上长城，就会想起秦始皇，就会对历史传说产生思考，秦始皇是功是过？"

"诗人"想了一下，说："好像焚书坑儒是他的罪过。可书同文车同轨还有统一度量衡、统一六国修建万里长城……贡献也不小啊！"

学院党委书记王运敏一听幽默地笑了，意味深长地道："人们对历史真实的认知从来就不是一个模式。不过，正像你刚才提及的，能够传承的东西不仅仅有它的生命力，也是最有社会价值和科学价值的。"

当研学返程途经易县狼牙山时，王运敏以及同行的老师们为研学活动的成果感到欣慰。

狼牙山位于太行山河北保定市易县境内，因诸峰犹如尖利的狼牙而得名，峰险陡峭、跌宕起伏。抗日战争时期，八路军的五名战士就在这里与日寇浴血奋战，坚持到弹尽粮绝而舍身跳崖。为了缅怀英雄激励后人，狼牙山早就设立景区供人们参观游览。景区内的五勇士事迹陈列馆、五勇士纪念塔，可以缅怀先烈；景色奇特的红玛瑙溶洞和棋盘陀也是慕名而来的山南地北游人涉足的自然景观。登上狼牙山，仿佛可以听到回荡千年的"风萧萧兮易水寒，壮士一去兮不复还"的历史遗声，更可触摸到抗日英雄们永不停止跳动的脉搏！老师武静东，虽然不是第一次到狼牙山来观光，却第一次感觉到这次登上狼牙山肩上有了分量：不同于昔日游玩观光之旅，而是配合领导带领师生走好研学之路，狼牙山五壮士的革命精神感动着自己，也激励着所有人。

后来，在此次研学总结时，没有参加此次研学活动的院办公室主任王磊老师，听了大家的发言也感同身受，说："作为一个教育工作者，无论是课堂授课还是行政、服务工作，都是教育系统'联动'环节上的一环，哪怕是一颗小小的螺丝钉——不锈钢品质的螺丝钉，那就无愧于自己，无愧于时代，无愧于怀着殷切希望的学生家长们！"

历史的画卷往往是由"局外人"绘制的，譬如，后人可以从张择端的"清明上河图"回望宋朝市井的繁荣和风土人情。当我们踏着红军足迹重走长征路的时候，从井冈山到遵义到延安到西

七 师生研学行，喜马拉雅山到老龙头的一脉相承

柏坡，中国当代革命史的史诗画卷就展现在你的眼前。难怪有个学生说：站在万里长城眺望祖国大好河山的时候，仿佛自己就在这美妙的画卷中。

5. 托起民族团结的未来之星

和所有的事物一样，不进则退、不创新则败落，处于改革浪潮中的河北师范大学附属民族学院也不例外。进必创新，毋庸置疑。

在新的形势下，学院领导班子越来越认识到让孩子们成为爱藏爱国的青年人是西藏学校办学的核心，也是工作中的重中之重。

党委书记王运敏和院长刘森时时关注着这些。

他们从师范大学结伴而来，延续了往昔工作中的良好合作，在新的工作岗位上，他们更紧密更坦诚合作。他们都清楚，党政一把手的紧密合作是工作顺畅的前提，民族学院教育和其他院校不同之处在于它的特殊内涵和教育方法。

一天，王运敏端着沏好茶的杯子来到院长刘森的办公室，瞅一眼坐在书桌前正动笔撰写什么的院长刘森道："我们策划建造的校园景观，增添了学院节日的气氛，学生们尤其喜欢。"

刘森放下手中的钢笔，对王运敏道："这样更符合藏族习俗。藏历新年到了，学生们在花园旁的小广场上跳起他们的民族舞蹈、唱起民族歌曲，他们愉悦，我们也高兴，更显浓郁的节日氛围。"

王运敏坐到沙发上问："你还不回家吗？你可有几个晚上没回家和家人团聚了。"

"你不也一样？越是节假日，远离父母的孩子们越需要我们的陪伴。"

窗外闪烁的灯光透过玻璃向学院的两位掌门人传递着藏年节日气氛,同时,行政大楼后面拨动心弦的音乐节奏声和歌声打动着两位学院掌门人。

王运敏道:"今天我也不回家了,咱们俩好好聊聊。"

"好吧!"刘森从椅子上站起来,和王运敏"肩并肩"坐到另一只沙发上,"你想聊什么?哪方面的?"

王运敏乐呵呵地道:"在老师和学生的眼里,你是位阳光领导。可我心里清楚,你在默默承受着比我还大的压力。"

一担两挑在同肩。党委书记和院长相互知情是情理之中的——更不用说王运敏简短的"一番话"就道出了工作的不易。

刘森轻松一笑:"我在想怎样把压力变为动力——我们上级领导打的那个招呼让我不寒而栗啊!"

"因为明年开始撤销民族学院大专班的招生了!"

"眼下,还有别的什么困难难倒我们?"

"这个也不能难倒你这位善于开山辟路的虎将呀?"

刘森哈哈笑了:"别给我戴高帽好不好?到了党委发挥作用的时候了!"

王运敏瞅着刘森,不无幽默地道:"你的意思要难为做组织工作的王运敏了?行政出点子想办法,他不如你呀!"

"你想到哪里去了?"刘森也严肃起来,"思政工作,你不主抓谁主抓?"

"有话直说吧!"

"学生中间产生了满不在乎的优越思想,必须做纠偏教育工作。可别疏忽一个现实:铁打的营盘流水的兵——老师们可没有毕业之说,还要坚守在'营盘'里。如果我们不开辟新路,那些任课大专的老师们怎么办?势必影响到教师队伍的安定团结是不是？"

王运敏马上明白院长刘森的心事了——这也是自己这个党委书记必须正视的问题！于是表示："风雨同舟，嗯，我们先在党委内部非正式地吹吹风，好让问题软着陆。"刘森道："让教师员工相信，师大民族学院还会拓展教育领域，还会更上一层楼——每个老师都有台阶上！"

"说得好！"

从他们两人口中喊出来的"好"不是随意之举，也不是敷衍了事，而是战士冲锋陷阵时的呐喊声！为祖国社会主义建设事业输送更多更好的建设人才，是教育工作的使命，也是他们苦中有乐的工作形态！

窗外，天上的星星在悄悄注视着两个知天命还在励志的勇士；楼外，藏家后代唱响的歌声，像后浪推着前浪一样激励着党委书记和院长——当好人梯，不但要肩膀硬，心甘情愿无私奉献，还要有绷得住的一股韧劲！

让我们抄录民族学院现任院长刘森和2001年毕业生格桑德吉的来往信件，体味炽热的师生情谊，感悟格桑花开太行情吧！

请看院长刘森的倾情之作：

格桑德吉，一个普通藏族女孩儿的名字，寓意心地善良、幸福吉祥。第一次见到这个名字，是在河北师范大学给上级部门的一份汇报材料中。"全国人大代表""感动中国人物"等一连串"重量级"的荣誉称号让我对这个名字印象极深，油然而生一种特别想了解、特别想走近的渴望。

机缘巧合。二〇二〇年的暮春之际，有幸来到民族学院这座略带神秘的校园。说她有点神秘，是因为这里有个"西藏班"，和心中一直向往的白云缥缈间那块遥远的雪域高原直接相联。不曾谋面的"格桑德吉"还在这里吗？她是怎样的一个人，有着怎样的故事，曾经的记忆刹那间被激活。好奇心驱使着，来到那间不算太大却信息量丰富的校史馆，第一次见到了格桑德吉的"真容"，一张泛黄的照片里，她站在后排，一袭白衣简洁大方，平和恬静。随着展览画面一帧帧移动，心似乎被一种力量牵引着，眼睛急切地在寻找一切与这个名字相关的信息。很快，中央电视台2013年"感动中国人物"颁奖典礼的资料片跃入眼帘。一段时长十分钟的视频，画面中的你表情坚毅，行走在高山急流间，为朴实而渴望求学的孩子们撑起一片爱的天地。当你身着赭色氆氇藏袍出场的一刹那，我真切地知道荧屏上的这个人就是心心念念的那个亲人，听着你质朴的声音，凝视着你略带腼腆的面容，体会着一种说不出的真诚和坚定，我的眼睛不由自主地湿润了！

亲爱的格桑德吉，你好！当我试图了解你在民族学院经历了一段什么样的光阴时，我发现，这里满眼都有你的影子，处处都有你的"传说"。渐渐地，你在这里努力求学的经历和扎根雪域边陲的事迹连成了一串串闪亮的珍珠，那个质朴的女孩儿的形象又穿越还原，鲜活在我的脑海中。老师们说，你在校期间，成绩优异、踏实文静。2001年母校毕业后，你毫不犹豫地选择回到家乡墨脱县帮辛乡。那里是全国最后一个通公路的县，而帮辛乡则是墨脱县最后一个通公路的乡。2000年前后，那里的门巴族孩子小学失学率曾高达百分之三十，升学率则百分之三十都不到。两间还没有通电的平房，歪歪扭扭的几把小凳子，四面透风的简陋小屋里，你靠双手一页页抄写资料，一遍遍修改

七　师生研学行，喜马拉雅山到老龙头的一脉相承

誊写教案，点着蜡烛批改作业，扯着嗓子组织升国旗，教孩子们做课间操。三四十个孩子挤在一间漏雨透风的宿舍，物资严重匮乏，除教学生读书识字外，你还带着学生修补校舍、开荒种菜、围栏养猪，在大雪封山前步行百里购置能多存放一段时间的食物。每逢放假，护送孩子的回家路艰险又漫长，悬崖边的马道要靠着崖壁一步一步蹭着走，过雅鲁藏布江，人坐在藤圈上，手抓着滑轮，一条溜索凌空飞起，下面200多米处咆哮而过的江水让人不寒而栗。每逢开学季，挨家挨户的"劝学之路"更是不满艰辛，有的孩子不知所措地躲避，有的家长满脸的不理解，又渴又饿又累的你，多少次绝望地坐在路边抹眼泪。可是第二天，你依旧翻过大山的每一处褶皱，一家一户去苦口婆心。因为没有人比你更知道一个道理，求学是孩子们走出大山唯一的机会，没有理由放弃任何一个孩子。"让孩子上学吧，中午有两块钱的营养餐，还有牛奶喝。"这简单得不能再简单的"营养午餐"对当时的孩子们都是一种"奢侈的诱惑"，看着家长慢慢地打开心结，最终同意孩子随你求学，你所有的疲惫都化作一抹开心的微笑。这其中藏着你多少的苦涩啊！你自己的孩子，常年寄养在爷爷奶奶家，你的小女儿把姑姑和奶奶都叫妈妈，而陌生地称呼你"德吉"妈妈，她最大的心愿不也是和你在一起吗？聆听着你的故事，回味着屏幕上你的面容和话语，想象着你在深山忖寨里披星戴月，眼泪再次夺眶而出。

亲爱的格桑德吉，母校的亲人们向你道声辛苦，问声好！

当每次陪同到访学院的领导来宾时，不管是一遍遍地倾听，抑或是为客人说明讲解，都会不由自主地在你的展板前顿足，在你的视频前留连。在一次次眼角湿润中，不禁想问一句，你好，格桑德吉，你的无悔付出你的执着坚守，是谁对你的嘱托与期冀，是什么力量让你铭记为师从教的初衷？哦，这些问题的答案，原来都浓缩在颁奖典礼中授予你的颁奖词，"不想让乡亲的梦，跌落于山崖。门巴的女儿执意要回到家乡，坚守在雪山、河流之间。她用一颗心，脉动一群人的心，用一点光，点亮山间更多的灯光！"

斗转星移，大山见证，你点亮的灯火越来越璀璨夺目，越来越多的孩子的梦想被幸福的现实照亮。最近一次见你，是在西藏自治区网信办推出的"榜样，西藏"系列微视频中，你被誉为"高原孤岛上的筑梦人"。在雅鲁藏布大峡谷的深处，你一坚守就是二十多年！"与艰苦相比，还是欣慰多一点。"每当回忆起怀孕八个月返乡时，懂事的学生都围着你，大一点的孩子帮着背行李，小一点的孩子挽着你的手，担心你走累，他们搬一块石头用小手擦一擦，暖心地叫你坐下来歇一歇，还有的用树叶折成杯子从小河里舀水给你润润喉咙。每当看到教育给孩子带来的变化，别人看来的辛苦，你却甘之如饴。如今的墨脱，发生了翻天覆地的变化，你所在的学校三层教学楼拔地而起，科学实验室、音乐室一应俱全，教室里也安装上先进的多媒体设备，你讲课也用起了漂亮的PPT。门巴族的孩子入学率和小升初都已实现了百分百。和你一样为孩子们守护希望的老师们，越来越多，再也不像以前"来一拨，走一拨"了。正如你发自内心的肺腑之言"越是条件艰苦、落后闭塞，越是需要通过努力去改变。"是啊，这些变化的背后，正是在党的关怀与温暖中，和你一样的"格桑德吉们"二十年如一日的初心铭记与使命在肩，不断淬炼而成的改变家乡面貌的坚定意志，和甘为人梯为孩子们撑起一片希望高原的崇高情怀。我越来越知道，一遍遍湿润的眼睛里，有牵挂和惦念，有敬佩与感慨，更有骄傲与自豪！

你好，格桑德吉，和你的家乡墨脱一样，你的母校——民族学院与你1998年上学的时候相比，也发生了好大变化，你的学弟学妹们正在优越的环境里享受更加优质的教育。当年"三楼鼎立"的校园，如今有三栋教学楼和三栋宿舍楼比肩而立，图书馆和体育馆宽敞明亮，格桑园和石榴园餐厅人声鼎沸，现代化的实验室遨游探秘，标准化的运动场上青春学子在拼搏，艺苑工作室里师生切磋琢磨。一座承载着几代民院人期待与希冀的新大门今年初也正式落成啦！门里门外的风景焕然一新！学院的办学层次也几经转型，从建校之初不足百人的初中班到中师、大专，再到今天的西藏高中班、少数民族预科班和河北省内本科教育的"一体两翼"办学格局，在校生有三千多人了。立足新时代，铸牢中华民族共同体意识教育的研究与实践风正帆悬，"名师孵化室""班主任工作坊"等系列举措加快省级示范高中建设……"人事有代谢，往来成古今"，当年你的授业恩师遂已两鬓染霜，但他们依然意气风发，奋蹄扬鞭。和你年龄相仿的一批年轻教师正和着你的脉动，延续着一代代民院人"学生第一、工作第一、奉献第一"的工作作风和对学生"爱、严、细"的执着坚守，精心培育着一批又一批"格桑德吉"，一起心手相牵向未来。白玛德吉、云丹、拉巴卓玛、次仁、罗追、格桑益西……一个个鲜活的身影，携着民族学院的底色，在雪域高原的山山水水间尽情书写着最绚丽的人生画卷。

你好，格桑德吉，眼下的母校，正值百花盛开。温婉优雅玉兰刚刚辞落枝头，锦簇芬芳的丁香花余味悠悠，雍容华贵的牡丹正在争奇吐艳。更让人偏爱的还有一种不起眼的洋槐花，一小撮一小撮的白，如天外眨眼的小星，他们没有艳丽的外表，却是"苔花如米小，也学牡丹开"，用质朴自然的美，描绘着别样的风景。格桑德吉，你不正是这样的吗？民院走出的每一个"格桑德吉"不正是这样的吗？扎根自己脚下的土地，向往自己内心深处的梦想，拼搏自己青春的赛道，像雪域高原随处可见的一朵朵向阳而开的格桑花，跃动着无限的生机，绽放在爱着你们的心中！

手捧洁白的哈达，把所有的祝福与挂念化作一句深情的问候，你好，格桑德吉！你好，"格桑德吉"们！

再看格桑德吉给母校——河北师范大学附属民族学院的复信：

尊敬的刘森院长：

您的来信，我已收到，非常感谢您在百忙之中给我写信。也请您代我向母校的各位老师和同学们问好！

鸿雁传书笺，尺素寄真情。时隔多年还能再次收到母校的来信，我十分感动与欣喜，这代表着母校对我们已经毕业学子的牵挂和惦念，代表着老师们对我们的想念与关注。真挚的语言，一字一句都像是学生时代老师在我耳边的循循善诱和谆谆教诲，字里行间寄托着您对我的美好期待和祝愿。读信时潸然泪下，那些在母校生活和学习的日子仿佛就在眼前。在母校的日子，我很遗憾没有尽赏她百花齐放时的美丽与鲜艳，每天忙碌地穿梭于教室和宿舍之间。但在您的来信中，我了解了母校近些年来的蓬勃发展，我为我是民族学院的一学子而骄傲。

"马有千里之程，无骑不能自往，人有冲天之志，无方不能自达。"在母校的日子，我不仅学习到了文化知识，也被母校的谦虚氛围和师德学风建设所深深影响。而接受高等教育的目的，是为了帮助我们的家乡摆脱贫困，所以从母校毕业后，我回到了家乡墨脱，试着牵起每个孩子的手，一起走过悬崖边的马道，一起翻过大山、穿过藤桥，蝼蚁当有鸿鹄之志，作为一名教育工作者，让每一个孩子上学，是我们的使命和责任，尽管劝学路上家长不理解、孩子们不热情，我都坚信，道阻且长，行则将至。感谢您在信中对我的赞赏，但我也始终认为我只是做了一个教育工作者该做的事，我相信无论是哪一位教育工作者，都不会让孩子们的梦跌落于悬崖。

家乡的孩子们在党的关怀和帮助下，在无数老师的支持和关爱下，终于全部上了学，一路走来，我也由一名普通的教师转变为墨脱县完全小学的副校长以及全国人大代表。无论身份怎样变化，无论岗位如何调动，我都首先是一名人民教师，其次才是其他。我始终热爱着我为之奉献青春的教育事业，始终热爱与我一起成长的孩子们。

墨脱县完全小学虽位于最后一个通公路的县城，但自建校以来始终以立德树人作为根本任务，从德智体美劳各方面培养合格的社会主义建设者和接班人，办好人民满意的教育。这是党和人民对教育工作者的殷切希望，也是教育工作者的职责所在。

生命不息，奋斗不止！从参加工作至今，已有20余年，我将继续坚守在教育岗位上，扎根基层，有一分光就发一分热，用自己的绵薄之力带领更多的孩子走出大山，立大志、明大德、成大才、担大任！我也将以党的旗帜为旗帜、以党的意志为意志、以党的使命为使命，为中华民族伟大复兴奋力前行！唯愿不辜负祖国栽培，取得更多的成绩，回报母校对自己的培育之恩！

爱和教育都需要传承，祝愿母校在追求卓越的征途上行稳致远，为祖国各行各业培养更多的人才，再创辉煌！祝愿母校的老师们身体健康，工作顺利！祝愿同学们勇担使命，阔步前行！

2001届毕业生 格桑德吉
2022年5月11日

仅从这两封信中，我们深深体会到党的援藏教育决策的英明，见证了浓郁的"格桑花开太行情"，也看到了青藏高原的明天！

格桑花开遍地红，昔日学子今园丁

刘森也好，王运敏也好，心里跟明镜似的：师大附属民族学院从一无所有办西藏班开始，到多门类的综合性教育体系，是一代又一代践行民族团结的教师队伍用心血和汗水浇筑出来的，也是代代不辞辛苦不计个人得失的志士们绘制的一道从燕赵大地连接西藏高原的彩虹！而作为新一代民族学院掌门人，不能因为教育任务的调整而使彩虹淡然失色。

师大民族学院的园丁们默默无闻几十年，而从这座学校走出去的学生犹如扎根西藏高原的格桑花，在西藏高原盛开、散发着浓郁的芳香！

1. 西藏高原之星白玛德吉

2014年9月29日，北京，人民大会堂，第六次全国民族团结进步表彰大会正在举行。国家主席胡锦涛和党和国家领导人接见的优秀代表中，就有从河北师大附属民族学院毕业、回到家乡当老师的白玛德吉。

党的十八大会议上，白玛德吉作为西藏优秀党员的代表，又来到了人民大会堂参加会议。她幸福地受到总书记习近平等领导同志的接见，握住总书记的大手的时候，传递给她的是党的关怀和温暖，白玛德吉的眼睛湿润了！

这里是历届党和国家领导人双会期间同党内外全国代表共商国是的圣地，也是党和国家举行盛大活动的地方，全国各族人民乃至世界人民密切关注的地方。坐到灯光璀璨的座椅上，陶醉在幸福之中的白玛德吉感觉到了自己的责任和人生价值：把自己的青春献给党和人民的事业就是自己最大的幸福。

2. 美丽的乡村教师格桑德吉

提起墨脱县小学副校长格桑德吉，无论师大附属民族学院或者昌都教育界，无不挑起大拇指称赞：她是民族学院教育出来的好学生、藏族人民的好女儿。

墨脱是西藏自治区较为贫瘠的地区。格桑德吉用真情记录了最美乡村教师的平凡又光辉的历程。

地处喜马拉雅山断层地带的墨脱县帮辛乡，是央视寻找最美乡村教师摄制组选定的拍摄目标。暴风雨之后的山区帮辛乡河流湍急，道路泥泞，采访记者乘坐的越野车也无法通过，大家只好步行涉险，快速通过随时有塌方危险的路段，然后换车继续前行，赶到格桑德吉任教的学校寻找最美乡村教师格桑德吉。

帮辛小学是全乡唯一的一所小学。摄制组赶到帮辛小学，正赶上格桑德吉在给孩子们上数学课，只见孩子们在山间一块平地上围成一个圆，格桑德吉一边给孩子们讲解着什么，一边手持枝棍在地上划着轮廓造型，给孩子们上暑假前的最后一堂课。

"这是在干什么？"

迎接他们的地方电视台的同志介绍说，是在给孩子们上数学课。

"上数学课？"

蓝天白云之下、高原大地之上，手持枝棒在地上划着什么，让人联想到古人王冕，但格桑德吉不是在给学生们上美术课，而是数学课。

"太阳升起是哪个方向？"格桑德吉问学生，学生们不约而同回答："东方！"

……当格桑德吉发现有人来，有的还肩扛摄像机，便停止了教学，上前和客人打招呼问候。

通过交流，大家了解到帮辛小学共有一百三十多名在校生，其中大部分学生是住校生。这些住校生的家分布在不同方位的大山里，先是每周让他们回家一次，每次都是老师们最提心吊胆的时候：山高路远，随时可能遭遇险情，学生和老师都要花费精力和时间，还会影响周一的上课时间、打乱教学秩序。不得已将每周回家一次改为每两周回家一次。开始，离开爸爸妈妈的学生们想家而不适应，渐渐适应了学校生活便不再抗拒，再后来便每月回家一次。回家频率的改变正是师生融合的过程，在这个过程中，更加坚定了格桑德吉把孩子们教育好的信心。

孩子们就要回家度假了，格桑德吉到学生宿舍一一询问、叮嘱孩子们："被辱都叠好放好没有？日用品放好没有？随身带的东西放好没有？学习用品带好没有？"孩子们一一回答之后，她又跟随孩子们出了宿舍，给列队等候出发的学生们交待回家路途应注意的事项，最后和学生们挥手作别："回家见父母心切，老师理解。路上注意安全，老师牵挂着你们！联系方便的，回家给老师报个平安！"

挥动小手和老师再见的孩子们又是依依不舍之情——摄影师不失时机地记录了那感人的一瞬间。

夜色降临，满天星光下的帮辛小学亮起了微弱的灯光。格桑德吉向"追寻"自己而来的央视记者介绍着："我们小学地处大山里，没有围墙，也没有篱笆，当假期来临的时候，孩子们放假回家了，我们老师又成了学校的编外保安，每过一两个小时就到学生宿舍挨个检查一次，防备学生们的东西丢失……学生们来自大山里的农牧人家，都还不富裕，添置生活用品都不容易。"

说这些话时的格桑德吉也动了感情，在场的央视记者们也动了感情：水乳交融几个字在每个人的心里翻腾着——由此，我们不由得想走进格桑德吉的人生之初……

格桑德吉九岁开始上学，学校旧址就在现在的邦辛小学。当然了，那是一座由茅草和泥土搭建起来的学堂，冬寒夏闷、低矮昏暗，桌子凳子七凑八拼，两个老师是在夜校获得文化知识的本地老师。入学即厌学，早上被妈妈揪着耳朵送到学校"交给"老师，不到中午，学校里就没了格桑德吉的踪影。被妈妈发现在山野和校外野孩子一起玩耍的格桑德吉，又揪着耳朵把她送回到学校里来。

"那时小，什么也不懂，就是贪玩。"回忆起来，已经是副校长的格桑德吉流露憨笑，"毕竟，是妈妈扯着我的耳朵把我'送'回了学校，渐渐适应了学习生活。"

"揪耳朵揪出了个小学校长？"记者开玩笑。格桑德吉道："当然不是，是会识汉字的妈妈成了我的启蒙老师，教育我懂事了的。"

原来，格桑德吉的妈妈是一个识字的乡村医生。晚上，她会一边为家人缝补衣服,一边用双语变换着给女儿讲故事,讲雷锋的故事,讲藏族歌唱家才旦卓玛的故事……文化的熏陶随着岁月流逝,格桑德吉懂初步得了人生的意义,也喜欢上了教育事业,此后,格桑德吉便走上了"曲折"的求学路:

——林芝地委决定由林芝第二小学承担接受墨脱部分教学任务,格桑德吉就是那到林芝第二小学上学的百名墨脱孩子中的一个。来到林芝,格桑德吉开了眼界:这里也是西藏,但这里的山山水水比邦辛美丽多了!人们也过着和邦辛甚至墨脱不太一样的日子!从墨脱到林芝,要翻越三座高大的雪山,要涉足雪崩、泥石流等危及生命安全的险恶途径,翻越雪山擦拭着流出来的鼻血的时候,她想起了妈妈讲过的红军长征时翻过了多少座雪山的故事,十岁的格桑德吉便信心百倍地继续攀登。四年的林芝求学路,往返林芝墨脱八次、三千多公里,完成了人生的第一段征程。

——小学毕业后,格桑德吉被湖南岳阳一中西藏班录取了。第一次坐上大巴车到了梦里萦绕的自治区首府拉萨,还没看清楚拉萨是什么模样,就被送到飞机场登机腾空,进入迷幻的梦境中……到了岳阳一中,在明亮的灯光下,那伴随自己夜读的酥油灯在脑海里摇晃着!走出山坳家乡的格桑德吉大脑再次开窍:在岳阳努力学习,就可以继续深造,考北京的大学!

面临中学毕业,当老师的理想越来越强烈。格桑德吉毫不犹豫地报考了河北师范大学附属民族学院,因为入学师范,离走进教育工作大门更近一步了!

——省城石家庄是一座新兴的特大城市,师大民族学院跻身红旗大街南段楼宇林立中的一隅,是国家部署的内地为西藏培养社会主义建设人才的教育机构。京畿文化氛围的熏陶,燕赵豪爽之气的感染，学院老师们为了教育事业而无私奉献的精神和父母一样的陪伴，像精神食粮一样哺育着格桑德吉，更加奠定了她当好一名乡村教师的信念。从民族学院毕业在老师的护送下回西藏的列车上，格桑德吉激动地暗暗呼唤着"妈妈，我回来了！"

——格桑德吉已经跨越的人生之路，是在祖国大地上画了一个穿越千山万水的一个圆，又回到了她步入学堂的邦辛小学。再不是接受启蒙教育的孩子，而是用学到的知识培养家乡童稚的老师。第一次是被妈妈揪着耳朵送进来，现在是妈妈用爱心呼唤女儿回来。

和大都市相比，学习环境大为改观的家乡小学还是有差距的，小学之外的生活环境在缓慢改变，但远远不是理想的教育环境。在邦辛小学施教十几个年头了，格桑德吉已经是两个孩子的妈妈了。小女儿寄养在老人那里抚养，大儿子就在邦辛小学开始接受启蒙教育。在格桑德吉心目中，一百多个学生都是自己的孩子，让他们在温暖的母爱中健康成长。

她动情地说："河北师范大学附属民族学院让我真正成熟起来。我要把民族团结的种子种在邦辛小学孩子们的心里！"

3. 罗追，日喀则精神文明的带头人

西藏的文化和经济相对滞后，是客观存在的。回到家乡贡献自己的青春、把民族学院奉行的教育理念以及文明精神带回家乡，是有志之士践行的方向。罗追，正是这样的一个践行者，一个精神文明的带头人。

1998 年参加工作的罗追，在 2004 年出任校长，无论是任课老师或者走上领导岗位，他都从思想上要求进步，工作上积极主

动,恪守为人师表,志在教书育人,把一个全县教育工作垫底的落后学校创办为名列全县前茅的学校,付出了心血、贡献了青春。要知道,该校位于海拔4200米、距离县城42公里的日喀则地区南木县甲措乡,在校生近五百名,三十几位教职员工,工作强度可想而知。

但是,在河北师范大学附属民族学院就立志的罗追,因地制宜,掌控实事求是的底线和恪守党的教育方针政策,令大家叹服而合力治校,成绩斐然,值得发扬光大:

一、让教师队伍深入学习并遵守教育法规

学习,也是教师队伍的首要任务,已不知何施与人?《义务教育法》《未成年人保护法》"三包"政策以及学生营养改善政策不但人人熟读于心,管理责任落实到实处,让学生和学生家长都感受到党和国家的重视和关怀。利用公共场所的标语宣传、致学生家长的公开信、家访活动,开展黑板报、校会、班会、家长会系列活动方式,效果显著。

二、认真落实"三包"及营养改善政策

"三包"政策是党中央、国务院关心西藏教育工作,支持西藏社会发展、振兴经济,培养西藏合格的社会主义建设人才的重大举措,使学生在吃、住、穿、用各方面得到保证的制度化的特殊政策。形成"制度保管理,管理保质量",促使各学校健全内部监督机制,成立了由乡长为组长的"三包"经费管理小组,有力减轻了学生家庭负担,有效地遏制住了贫困生辍学的现象发生。

三、巩固"两基"成果,确保了适龄儿童入学

甲措乡位于南木林县北部海拔四千二百米的山区,距县城三十二公里,服务半径约六十八公里,属于半农半牧地带,家长

教育意识淡漠，不求子女上学，只要求儿女传承原始生活轨迹，学校要付出极大努力"请"孩子们上学。罗追身先士卒，深入山乡学生家，一个个动员，一家家劝说，跋山涉水是常态，不辞辛苦往返山村每个角落……当国家组织验收"三包"政策落实时第一个获得通过，不但极大地调动了教师队伍的积极性，教育质量明显提高，建成了一支和谐团结、积极向上的教师队伍，为教育一代代孩子们的健康成长打下了良好的基础。

四、加强治校管理，创造美好的人文教育环境

不满足取得的成绩。不满足于现状，是该校领导和教职员工的新理念。根据有关文件精神对教职员工实行岗位责任制，实行量化考核制，引入竞争机制，增强了教学活力，依照《南米林县小学办学水平评估方案》加强教学常规管理，提高了办学水平，做到了学生进得来、留得住、住得舒心。为了学生身心健康，学校在育人环境、绿化校园、培养学生良好的行为习惯方面做足了功课，特别是校长罗追身在第一线，亲自上课，在教学中提高治学水平，2012年，该校毕业生们以优异的成绩考取内地西藏班，总分300分以上的学生有4名，得到上级好评、学生家长的信赖。学校配备校车更为落实《学生安全接送目标责任书》锦上添花，但不可能送人到每个家庭，老师还要步行几公里分路护送学生到家，于是，放学上学之际与村委会当面交接并签字画押，做到万无一失，校、村无缝对接的安全保障。

在罗追的辛勤努力下，教职员工的团结配合下，加措乡小学取得了骄人的成绩：南木林县首届师生艺术节文艺演出一等奖，南木林县"青年杯"足球比赛冠军，南木林县财务工作先进单位，"德育先进单位"，"两基先进单位"，"教学质量进步奖"；罗追也多次获得县级先进个人、2006年日喀则地区优秀校长和

2012年荣获国务院颁发的"全国两基工作先进个人"奖。

面对诸多荣誉，罗追不骄不躁，决心更加努力工作，本着"教育为首，素质为本，质量为校，服务'农村'"的办学方针，紧抓教育改革，提高教育水平，建立起一支品德高尚、精于教书、勤于育人的教师队伍，成为甲措乡精神文明的一个窗口，为基础教育和各项事业的发展作出更大的贡献。

4. 泽仁曲西，自治区基层组织建设先进个人

泽仁曲西，一个美丽的藏族姑娘，一个谦恭的优秀共产党员，也是自治区基础组织建设的先进个人，同时也是一个低调的教育工作者。西藏电视台对她进行采访报道，她并不为此膨胀，对待荣誉的态度"过去就过去了"，而不是通常那样千方百计留取素材作为炫耀自己的资本。

不过，笔者可见的2013年自治区基础组织先进个人和2013年自治区优秀教师奖，2017年自治区教育系统优秀共产党员和2017年自治区骨干教师光荣称号，2019年被评为全区中小学名教师，足以说明泽仁曲西怎样的优秀。

担任了昌都市实验小学副校长的泽仁曲西，工作中和生活中她不顾及个人，而是把心贴在自己的学生身上、目光投向西藏发展的未来。如何让孩子们在启蒙教育就打下坚实的学习基础，是泽仁曲西不能释怀的责任。她说，我是在教育工作一线从事教育工作的平凡的人，没有什么；从河北师范大学附属民族学院毕业、在昌都工作的优秀人才特别的多，譬如我市教育局局长还有一个副市长，他们更有代表性，为家乡作出的贡献更大。

这就是泽仁曲西。何用多言，静下心来审视上面那些荣誉，

和她在荣誉面前的态度，就会品味出她是怎样的一个人！

5. 他们的歌声唱响首都北京

无论白玛德吉还是格桑德吉、罗追、泽仁曲西，他们的突出业绩，是和学生时代的励志分不开的。钢铁是怎样炼成的？校育成铁，投入社会大熔炉里而百炼成钢。

让我们把笔锋转回师大附属民族学院，追述他们学生时那星光闪烁的一个个瞬间。

——运动场上，他们个个生龙活虎：

1985年11月，获得石家庄市中学生排球比赛男子第6名

1986年4月，获得石家庄市桥西区小学足球比赛第2名

1986年4月，石家庄市桥西区小学生田径运动会团体赛第4名

1986年5月，石家庄市中学生田径运动会团体第4名

1986年6月，石家庄排球比赛第1名并获得参加省级比赛资格

1987年5月，石家庄市中学生田径运动会团体第3名

1988年4月，石家庄市中学生田径运动会团体第5名

1988年5月，石家庄市初中男子篮球赛第3名

1989年4月，石家庄市中学生田径运动会初中乙组团体总分第1名

1990年4月，石家庄市中学生田径运动会初中乙组团体总分第2名

1990年5月，石家庄市初中男子篮球赛第3名

1991年5月，首届石家庄市少数民族运动会木球比赛第2名

1992年9月，石家庄市初中男子足球赛第1名

1992年10月，石家庄市高中男子足球赛第2名

1992年10月，石家庄市中学生女子足球赛第3名

1993年9月，石家庄市初中男子足球赛第2名

1994年9月，石家庄市初中男子足球赛第1名

1995年9月，石家庄市初中男子足球赛第2名

1995年9月，河北省少数民族传统体育项目陀螺比赛女子团体第5名，男子团体第6名

1996年9月，石家庄市初中男子足球赛第3名

1997年9月，石家庄市初中男子足球赛第1名

1998年8月，河北省少数民族运动会陀螺男子团体第5名，女子团体第4名

2002年8月，河北省少数民族运动会陀螺男子团体第6名，女子团体第4名。李密娟获得女子单打第2名

2019年10月，全国校园总决赛（西藏班新疆班组）体育道德风尚奖

2020年8月，河北省少数民族传统体育项目陀螺比赛男子团体3等奖，女子团体2等奖。姜春雨、赵鑫苗获得女子单3等奖……

——学习雷锋好榜样，临街商铺冲他们挑大拇哥

从胡同口河北师范大学附属民族学院牌楼里走出来的青少年学生，他们衣装（校服）整洁，举止雅观，彬彬有礼。从五官相貌容易辨别他们是西藏班的学生。一位从年轻就在学校旁开店、年过六旬的商家老板感慨地说：听说学院里把西藏来的学生称作格桑花，刚开始没感觉！现在闻着特香！

格桑花香溢院外：节假日不能回家的西藏班师生们有组织地上街开展学雷锋做好事活动；帮助行动不便的残障人士；在十字路口维持交通秩序……受到人们的普遍赞扬。

——爱国行动是课外活动但不是业余活动

爱国，是中华儿女的美德，也是每个公民为自己负责任的要素——没有国哪有家，世人皆知。从年长的老师讲述的中国人民的抗战史到解放战争史，丁向真老师讲述的自身革命经历，西藏班的学子们懂得了只有爱国才能有温暖的家，才能有西藏更加美好的明天。从一个高中部三年级的学生同刚入学的同学的对话中，我们为今日师大附属民族学院的教育工作感到欣慰。

学姐："上课的时候你怎么乱搞小动作不认真听老师讲课呀？"

学弟："姐，你又批评我……大课堂讲的课听不听的吧！"

学姐："你说啥？"

学弟："又不是上专业课！我不像你，仔仔细细听，还不断地记记记！"

学姐："爱国主义教育，比专业课还专业不是？"

学弟："升学又不考爱国主义教育……"

学姐："你糊涂！开学送我们上车的时候姑姑怎么叮嘱你的？"

学弟："嘱咐我多了——你指的是啥？"

学姐："再三叮嘱你的'在家顽皮不学无术，到了西藏班要听你姐姐的，别不知好歹瞎混'——你就是还不知好歹！"

学弟："姐，我哪不知好歹了？"

学姐："不懂爱国的重要性就是不知好歹！你没听外公讲西

藏解放前他受的罪？"

学弟理穷语塞了。几天后，学姐上了墙报专栏的一首小诗，学弟也看到了。

成长在红旗下的我们

无忧无虑

海外的枪炮声引不起

我们恐惧

西方霸主软硬兼施

不是在做游戏

他们在设法想法动摇

华夏根基

没有了根基我们会压砸在

废墟里面

你就会身不由己哀号

再停止呼吸！

无忧无虑的我们要

继承初心

民族复兴中华崛起历程中

有我有你

而老师和同学们对小诗表现出来的兴趣，也促使学弟暗暗提醒自己：同学们称赞姐姐是他们关心国家大事的榜样，我才走进学校的大门，有什么资格自以为是的哩？

他觉悟了。

——歌声唱响北京！

能在首都北京的舞台上演出自己的节目，是学生、也是学校的荣耀。河北师范大学附属民族学院西藏班赴京演出队登上了首都北京的舞台，他们的歌声，正是发自内心的感激之情：

唱支山歌给党听

我把党来比母亲

母亲只生了我的身

党的光辉照我心

旧社会鞭子抽我身

母亲含恨泪淋淋

共产党号召我闹革命

夺过鞭子揍敌人

唱支山歌给党听

我把党来比母亲

母亲只生了我的身

党的光辉照我身

党的光辉照我身

从歌唱家才旦卓玛始唱这支歌，代代藏族歌手用同样的情感传唱至今，是一首歌，更彰显着代代藏族人民的心声！

6. 格桑花开满园红，光环之下看园丁

如今的河北师范大学附属民族学院已经是教育界的一面旗

帜，也是内地藏族学校民族大团结的先进集体——大家无不交口称赞。

学院获得的荣誉有：

——1998年8月，中华人民共和国国务院授予河北师范大学附属民族学院"民族团结进步模范单位"

——1998年6月，中华人民共和国国家民族事务委员会和西藏自治区人民政府为河北师范大学附属民族学院颁发"民族团结进步模范单位"

——2010年，河北省人民政府授予河北师范大学附属民族学院"河北省民族团结进步模范单位"

——各级政府、相关机构授予河北师范大学民族学院的荣誉称号还有：

全国民族团结进步示范学校

全国教育援藏先进集体

1996—2000教学优秀单位

2010年河北师范大学优秀青年志愿服务集体

2020年河北师范大学优秀之源服务集体

西藏自治区教育厅、西藏自治区民族事务委员会颁发的"2018年民族团结进步学校"

石家庄市委、市政府授予民族学院"先进集体"称号

河北省民族事务委员会授予的民族团结进步示范单位

……

从民族学院毕业或曾在民族学院工作过的人有：

——2001年在学院中师班毕业，2013年最美乡村教师、2014

年感动中国人物、中国青年五四奖章获得者、全国三八红旗手标兵、第十三届全国人大代表门巴族格桑德吉。

——西藏阿里地区中等职业技术学校副校长、党的十八大代表藏族女儿白玛德吉。

——云丹，藏族，2009年度"中国教育年度新闻人物"，模范教师。

——边巴，藏族，1992届中师毕业生，现任中国美术家协会理事、西藏自治区美术界协会副主席、秘书长。

——坚参，藏族，1998年学院中师班毕业，任日喀则市文化文物局党组成员、副局长。

——次仁，藏族，2002届大专毕业，现为中国书法家协会会员、西藏自治区书法家协会副主席。

——拉巴卓玛，全国优秀教师。

——阿贵，藏族，1991届中师毕业，博士，西藏大学硕士生导师，《西藏大学学报》编辑部执行编辑。

——马磊，回族，中共党员，民族学院首届预科结业，任职国家民族事务委员会经济发展司。

——魏胜宝，2009年学院音乐专业毕业，独立音乐人，现为中国民族器乐文化学会理事、古琴学术委员会常务理事。

——李海亮，学院数信专业2005届毕业，就职于寺库中国高级搜索架构师。

——张勇，现任中国人民大学附属中学副校长。

——严庆，现任中央民族大学教授、博士生导师、民族理论与民族政策教研室主任。

光环之下的师范大学附属民族学院里，从"园长"到"园丁"，大家都是脚踏实地默默耕耘。一位资深的师大附属民族学院老师说，"光环下我们要走的路更清晰"，说出了民院人的心声。也让我明白了为什么格桑花开得这样红。

九

情深意浓话情缘

2019年暑假期间，来自重庆大学的一封信放到了学校办公室的案台上——是西藏班毕业生嘎措寄来的感谢信。让我们摘录如下：

……每当我回忆起我的高中学习生活就会充满感激之情，因为她给了我改变命运的知识，也给了我第二次生命……感谢学校领导和老师们以及医务室所有的工作人员，感谢你们给了我第二次生命，感谢你们让我品尝到人间真情，感谢你们为像我一样的西藏学子们所付出的一切！你们的恩情永远感动着我，成为我人生道路上前进的动力。我时时叮咛自己向你们学习，我一定会像你们一样帮助需要帮助的人，不辜负母校的栽培，成为一名对国家、对家乡、对人民有用的人！再次感谢母校，感谢老师们！

嘎措是河北师范大学附属民族学院西藏班2014级高中班学生，出生在西藏那曲地区聂荣县一个普通的农牧之家。她性格开朗可爱，是同学们心中的开心果，不幸的是她的母亲于2017年患病去世，从丧母之痛中难以自拔的嘎措被诊断为结核病，双重打击下的花季少女感到悲观无望，但民族学院的师生们不离不弃一路陪伴，及时向她伸出了救援之手——正是这一双双温暖的手紧紧拉住她，没有让她跌入死亡之谷：学校领导迅速做出决定，电告在家度暑假的嘎措立即返校治疗，明白地告诉嘎措看病费用全由学校承担。回到学校的嘎措被立即送往石家庄市第五医院（传染病防治医院）接受治疗。当诊断结果出来之后，令学校领导和班主任很意外：嘎措得的不是通常的结核病，而是"双肺空洞型结核"，其特点是"多种耐药性"且伴有支气管结核，也就是说，一般常用的抗结核药物治疗手段不起作用，更令人焦虑的是这种结核病不可复发，否则会危及生命！

显然，花费巨额治疗费用在所难免。而学校领导当即表示"不惜代价挽救学生嘎措"。并叮嘱在医院轮流陪床的老师们"鼓励她乐观顽强和病魔作斗争"。学校领导和老师们的一举一动也感染了医院的白衣天使，他们积极研究制定治疗方案，组织专家团队为嘎措会诊，恳请医院以最好的医生、最好的药物拯救嘎措。经过医院的精心治疗和师生们的悉心照顾和关怀，嘎措脱离了死神的威胁，达到出院休养的条件，但医嘱出院后需继续服药休养，不能在人群集中区域活动！

这也就意味着不能在学校服药休养。学校领导征得西藏教育厅同意并得到那曲教育体育局支持，由高中部干事卜一老师护送嘎措回家休养。期间，西藏教育厅的次仁多布杰副厅长和内地西藏班管理中心非常关心嘎措的康复情况，多次打电话问候、了解返藏休养的各方面安排、生活情况，这感动着嘎措，也感动着民族学院师生们：学子的一场病，彰显了民族大团结结出的硕果！

正如嘎措感谢信中所说，河北师范的大学附属民族学院给了她第二次生命，还给了她知识——高三年级的嘎措虽然也高考报名，却没能参加高考前的体检而无法走进考场。学院领导始终把嘎措的健康和学习牵挂在心上，及时向西藏教育厅汇报嘎措的康复情况、申请将其学籍转入下一届高考。卜一老师不惧结核病毒传染悉心照料护送、学校23万元医疗费付出，都是回到课堂继续备战高考的嘎措的学习动力。

像嘎措一样遭到病魔威胁而得到民族学院救助的西藏学子还有2002（1）班的邓珠尼玛，还有……虽不一一列举，但一样的得到了学校呵护关爱，一样的情深意浓。

恪守使命是无私奉献之魂

当我们为民族学院培养出那么多的青年才俊而欣慰的时候，当品味着民族学院满院格桑花香的时候，我们不会忘记一代又一代献身西藏班的育人楷模。正是他们的无私奉献，民族学院才沐浴着四季的清爽之风，茁壮成长。

1. 一任又一任院长代代相承，恪守使命是无私奉献之魂

院长王惠民退休之后，依然心系民族学院，仍在继续他的奉献。

——办了退休手续，老院长那告别的话久久绕梁："我做的和党的要求还有距离，希望新的领导同志做得比我好。我们学校西藏班有了一个恪尽职守、视校为家的教职员工队伍，要传承我们的特色治学理念，恪守党和国家赋予我们的教育使命！"

——告别了职务，没有告别事业心。王惠民还是隔三差五地到学校来"看看"。也许他是"随意"看看，但那颗赤子之心不老，

关注着学校师生们的教学和生活。

——他和刚赴任时一样，走进校园，看到哪儿有掉落的垃圾就会过去捡起来，放到垃圾箱里，甚至抄起墩布清除餐厅地面上的油渍汤迹。

——发现哪个学生有情绪，他会慈祥地搭话沟通，打开学生的心扉。

……

和他异曲同工的还有藏族的好女儿丁向真。

——在师生的眼里，已经退休该颐养天年的丁向真是个闲不住的人，任教时是这样，退休了还是这样。

——她不改"知无不言"的脾性，不但依然"路见不平一声吼"，发现学子中有难以解决或平息的问题，便带着铺盖来了，和学生们同吃同住，和风细雨是常态，急了忍不住有"一声吼"也不新鲜！但她不同于别的老师，她和学生们同是藏族人，职务不在了而民族情在，犯了错误的学生、一时执迷不悟的学生也不敢造次。

——一身正气，爱国敬业，无论学生还是老师，面对丁向真，绝不敬而远之但敬畏尊重。

戴凤林和冯瑞建为西藏学校、河北师范大学附属民族学院砥砺前行作出了突出贡献，有口皆碑。

戴凤林是西藏学校前进过程几个节点的关键人物之一。身为学校掌门人，戴凤林看到了发展机遇，既要办好为西藏培养基础人才的西藏高中班，又要推进办学层次的提升，而抓住三级师范向二级师范过渡机遇，拓展办学空间成了当务之急，将学校的中师教育升格为专科教育、设立预科班，设置与之相适应的系、部组织架构，而随之而来的则是师资和校舍等资源配套，戴凤林达到了废寝忘食的地步。功夫不负有心人，在戴凤林的带动下，大家齐心合力克服困难，在难以获得扩建教育用地的情况下，便采取自筹资金租地扩建教学楼和配套设施，实现了向二级师范教育过渡、设立了专科教育和预科教育，形成了汉藏等多民族学子欢聚一堂学习进步的新局面，使民族团结的教育工作又上了一个新台阶——在上级领导的关怀下，西藏学校的大门挂上了河北师范大学附属民族学院的金字招牌。不但健全了体魄，羽翼也丰满起来。

冯瑞建是学校里唯一一名踏着台阶一步步走到学校领导岗位的教育工作者。他由学校的一名普通老师、班主任干起，又因其踏踏实实的工作态度和严谨的治学理念，被选为学校领导层，由学校副职再到书记校长一肩挑，他迈进的每一个台阶都是坚实的，他也为学校的前进铺平了一条富有含金量道路：

——从另一个角度看，他的进步过程也是西藏班的发展史；

——他思维深邃、决策果断又敢于承担责任，学校发展节点留下了他的身影；

——成功的要素是实干，实干的基础是精神。冯瑞建在传承前任领导的文化财富时不忘进取，为学校持续发展立下了汗马功劳。

下面列举的每个人的教学生涯中的"外传"，侧面印证着恪守使命的传承、小故事中蕴含着的大道理——时刻不辱使命！

2. 教学生涯中的小故事，个性和共性

小中见大，他们的个人情怀彰显着整个教师队伍的无私奉献精神。正因为有这样一支教工队伍，师大附属民族学院才越办越好。

下面是笔者采集到的发生在民族学院部分老师身上的"外传"小故事——感动着笔者，是否也会感动您呢？

白少双：深夜，找上门来的妻子含泪而别

十年，是历史上的一瞬间，却是人生历程的几分之一，更是一个家庭的宝贵时光。

春节的家人团聚，是中华民族岁尾年初吉祥的象征，是幸福的时刻。而白少双在师大附属民族学院工作，已经十个春节不回家过年了——妻子问他为什么？

妻子是他的大学同学，在校两相知，毕业情更深；成家立业，幸福满满。自从丈夫留校工作开始，妻子惶惑难解：一个春节不在家过算了，又一个春节在学校值班理解他……年复一年，今年又不回家过年，扳指一数，已经是第十个春节不回家和家人团聚了！

除夕之夜的省城早已万家灯火、四处霓虹灯闪烁。左邻右舍欢乐声不断，楼前楼后礼花纷飞，少了顶梁柱的白家似乎有点清冷。妻子坐不住了，下楼骑上自行车就往民族学院奔，脚蹬急转心里更急：嘴上说学校忙，谁知道你心里怎么想的！莫非你有了什么隐情？

丈夫白少双进步很快，1997年在民族学院毕业留校，从院办公室起步，来年到了教研室兼着一个班主任，1999年任教育处副主任，还负责团的主持工作，2018年当上了副院长。

已经是夜里十一点时间，校园里灯火通明、歌声响亮，妻子不免心里愤愤不平。

胡同里的学院没有阔气的大门，门岗小屋简陋。离得近了，看到了窗玻璃里值班的"保安"的影子，便强压怒气过去和保安打招呼——这是规矩，也是礼貌。

"同志，我进去找一下白少双！"

门岗里的保安推开了一扇窗——四目相对，两个人都愣住了。

"是你？"

"有事呀？"

门岗里头是丈夫；门岗外边是妻子。

妻子一时不知说什么好："呃，没什么事……我路过，看看你！"

丈夫愧疚地解释："我……明天下班了就回家。"

"我知道了……明天我给你准备好吃的！"

妻子掉头骑车就走，泪水和车轮分别在上下打转，心里五味杂陈……

王惠民：老伴相伴不伴游

夫人不是一个浪漫的人儿，但和老伴去看看祖国的大好山河，到旅游胜地品味丰富的民族文化遗产，是她退休后的一大奢望。

共产党员王惠民获得全国教育援藏先进工作者和优秀教育工作者荣誉称号，还是河北省督学、教育部民族司和西藏自治区全国内地西藏班（校）教育督导员。光环下的他，身心还萦系在教育事业。

这天很晚才回到家里，老伴忍不住抱怨："让你陪我到外地旅游成了我的一个梦，你呀！"

王惠民先乐后严肃，说："民族学院的孩子们也有一个梦……"

"他们的梦也和你我有关系？"

"是啊！"王惠民解释说，"孩子们的梦想也是中国梦的一部分。我是全国西藏班督导员，他们的梦不也是我的梦？"

"我说不过你！"老伴叹口气，"唉，嫁鸡随鸡嫁狗随狗……"

"别别，你是真情实意陪伴老兵——光荣啊！"

老伴忍不住"噗嗤"一声笑了——偶有幽默，能化解老夫老妻的临近"冷战"状态，归为幸福和谐。

王滨：一件藏袍的故事

王滨老师突然收到一个从西藏寄来的包裹，感到意外；打开一看，是一件墨绿色的做工精细的藏袍——原来是自己的学生丹巴寄来的。双手举着藏袍端详，往事袭上心头——

就要开学迎接新生了，王滨接到丹巴打来的电话，声音兴奋激动："我的儿子到民族学院高中部读书啦……"王滨同样激动，与当年的学生丹巴阔别三十个年头了！三十年来，西藏的经济建设和文化事业有了长足进步，人们对孩子的教育要求更高。父子同为民族学院的学生，也说明了藏族同胞对河北师范大学附属民族学院教育的认可，这令王滨感到欣慰。更令王滨欣喜的是孩子的爷爷奶奶和爸爸一起送孩子来校。当孩子的爷爷奶奶把洁白的哈达敬献给自己的时候，王滨忍不住热泪盈眶！令她没想到的是，几天之后，她接到了高中部主任和丹巴分别打来的电话：孩子不见了！心急如焚的王滨急忙赶到学校了解孩子"失踪"的原因：由于晚到校几天，功课跟不上，加上和同学之间关系不融洽，丹巴的儿子就不辞而别了！王滨拨打孩子的电话，一直处于关机状态，于是，从学校周边开始寻找，网吧，超市，书店，影院……都成了王滨"搜索"目标。终于，在路边人流中发现了一个熟悉的身影，那"身影"似乎注意到有人发现了他而东闪西躲，王滨不顾一切地奔跑上前，伸开双臂将孩子抱定。身材再高大也是孩子，在两辈人的老师面前，孩子倔强、委屈，也接受了老师的关爱。可执意要回拉萨。王滨耐心劝导孩子，征得高中部领导同意，将孩子带回家，用母爱般的关怀感化了孩子……孩子感受到了民族学院这个大家庭的温暖，留了下来，最终顺利完成了学业，成为中国人民解放军中一名优秀的战士！

王滨更加感受到了老师对于学生成长的重要性。

苏振生：师生"互动"关爱情

1993年开始任教于民族学院的苏振生当年就担任了西藏班班主任。那时的学生难带，在家是好丈夫好父亲的苏振生用自己的关怀感动了学生，他在家包好饺子，请班里的四十个学生轮换到家里吃饺子……苏振生任教的91级、94级、97级、00级学生无不视苏振生为"爸爸老师"；而当学生们知道老师的女儿患有智障残疾，便轮换着到老师家照看顾智障女儿，替老师分忧。老师和学生之间的互相关爱，成为民族学院的一段佳话。

刘雪杉：婚礼前先到学院吹哨子再去做新郎

婚礼，是中华民族人人重视的大喜事——从这一刻起，步入婚姻殿堂的情侣开始了幸福的新生活。

婚礼举行当天，刘雪彬的父母亲友都在为他的婚礼做最后的准备。喜气洋洋的刘府内外都张贴着"囍"字，接亲、迎亲的车队一字儿排在楼下，车车披红戴花，辆辆喜气洋洋。婚礼司仪招呼放鞭炮的小伙子们准备好火种，燃放爆竹注意安全。回头问婚车司机："还有五分钟出发"。婚车司机从驾驶窗里探出头来反问："怎么新郎还没上车？"

"新郎没在车上？"司仪忙问来为新郎刘雪彬当伴郎的小伙子，"快喊新郎上车！"

伴郎上前悄悄告诉司仪："他去学校了，说准时回来。"

"这个节骨眼儿上还去学校干啥？"司仪感到惊讶，"还有五分钟。"

"他也知道——我的意思是他是时间性极强的人，不会误点！"

"嘿！"司仪无可奈何地摇着头，低头看腕表。

师大附属民族学院的早晨和往常一样，听到起床哨声的学子们迅速起床更衣，从宿舍奔出来集合出早操。当他们看到吹哨人是老师刘雪彬时，互相交头接耳议论"今天不是刘老师大喜的日子吗？怎么吹哨的还是他？"

"所以说刘老师是吹哨人呢！"和学生们一起上早操的老师说。

同学们被感动了，纷纷把目光投向老师刘雪彬。刘雪彬望着跑步向操场的各班级的学生们，向同学们投过一个欣然的笑脸，转身去了！

就在婚礼司仪焦急等候时，只见刘雪彬从一辆车里一跃而出，迅速上了婚车，司仪这才松了口气，冲婚车司机挥挥手："出发！"

王改静：随时随地挂念学生

敬业是从业者做好工作的要素之一。时刻关心着学生的学习，是老师的本分。

孩子生病住院王改静在医院陪护，但她对学生的学习牵挂一刻也没有放松。不能按部就班为学生授课，就在病房里用手机给学生授课。有时为了不影响同一病房里其他人休息，便躲到医院公共厕所录制课程。到北京的医院给孩子看病，照样隔空远程授课。难怪十六个班的生活量化评比，经常有（生活强化旗，常规化旗，年级流动红旗）三面红旗挂到王改静执掌的西藏班教室里。

王冬剑：教学相长，师生共创好作品

教学相长古已有之，于今使然。王冬剑老师"课上我教学生学书法，课下我向学生学藏语"，就是一个例证。她的授课成绩在学生宿舍廊道的两面墙上可见：武汉新冠肺炎肆虐，师生共创瓜子粘贴画《雄鹰》被阿里巴巴和燕赵都市报采用；师生创作的剪纸作品被河北省图书馆和档案馆收藏，被央视画廊和人民网等多家媒体发表……学生们用一句话表明王冬剑的藏语水平："老师，您（的藏语）就差零点零一！"这是学生对老师的挚爱和尊敬。三十米长剪纸"石榴花开别样红"更受到业内外追捧。夏日炎炎似火烧，王冬剑买大西瓜刻上"珍惜"两个字，下课后由班长给学生们分而食之……生活中的小细节，人文关怀的点点滴滴，也印证着格桑花开太行情。

卜一：车站售票口排队到天明，为学生送行

当西藏班学生回家过年的时候，老师卜一就"别有一番滋味在心头"：学生千里迢迢回家，火车票就成了师生牵肠挂肚的事。作为西藏班的任课老师，性格爽直的卜一很快就被西藏班学生们的敬重：卜一自告奋勇护送得了严重肺结核的学生回西藏；注重感情的卜一因为家住卓达小区离校较远，为了工作方便，在民族学院附近租房住，可以多些时间陪伴学生。本着雪中送炭助力学生的精神和有严有宽的处理问题的方法，学生们也心悦诚服。而他为学生回家买车票的故事鲜为人知。

还有六名学生没有买到回家的火车票。那时候购票要到火车站窗口排队，卜一不声不响到火车长排队买票，经过几个小时熬到了卖票窗口，售票处规定（预防"黄牛"倒卖车票）每个人只卖给三张车票。无可奈何，冰天雪地之夜一个人返回车站继续排队，排队到东方发亮，又买到了另三张开往拉萨的火车票。当藏族学生知道卜一递到自己手里的火车票是老师排了一夜队才买到的，十分感动。

3. 他们的无私奉献有口皆碑

刘兴军：为了表率，他成功戒烟

老师刘兴军烟瘾很大。他大学毕业就成了这所校园里的执教者，初中班班主任，西藏中师班主任，内地大专班主任，学生处副主任，西藏高中班筹备组主要成员继而西藏高中班主任……他的功绩他的奉献在此不表，当学校有了"戒烟令"，刘兴军便毅然决然地戒了烟。

窗外，灯影下的学子们有的在田径场上龙腾虎跃，有的在球场你争我夺，有的在轻歌曼舞，和自己初到民院执教以来西藏学子有了翻天覆地的变化，从不谙世事到通情达理，他们也在不断变得更优秀。

崔光红：民族学院里的无名英雄

没有机会采访老师崔光红，但是笔者知道：格桑德吉和白玛德吉、罗追等都是他西藏班的学生。学生们毕业后回到家乡，成为教育战线上的楷模，是民族学院的骄傲，也令崔光红自豪——他们在西藏班的岁月里，是老师崔光红用心血滋润着他们成长，他们是援藏教育最亮眼的结晶，是西藏人民最需要的人。

王风云：西藏高中班课改的"铁娘子"

很遗憾，笔者没能和王风云详谈，学校领导提供的文字资料足以说明她是怎样的工作精神："积极探索西藏高中学生课改，通过对外学习，结合学习理论和西藏学生实际，大力推进课堂改革，探索建立三段五步课堂教学模式，为西藏班教学改革、质量提升作出了重要贡献。"

……

满园格桑花盛开，全员园丁培育成。

民族学院的明天，不是畅想是践行

在党中央战略部署的引领下，河北师范大学附属民族学院和各行各业一样，紧跟中华民族复兴的步伐，踏上了新的征程。

世界格局巨变中，
风云变幻日当空。
寰球一体为同乐，
霸主拆分掩自空。
铸牢民族大团结，
铺平华夏远征程。
莘莘学子有奇志，
捍卫江山代代红。

前人曰"少年强则中国强"，然。古今之要，教育乃立国之本、强国之举。

正当学院领导们研究部署下一个学期的工作的时候，迎面而来的是被新冠肺炎病毒威胁的又一个春天，回家过年的河北籍各年级同学们和家人团聚，没能回家过年的西藏高中班三百五十三名学子们则"留守"在校，他们的任课老师也就没有了假期，因此，学院照样运行，相关各级领导按部就班不在话下，院长刘森和党委书记王运敏更是忙里忙外，而大部分时光就在校园里度过了。

刘森和王远敏特别关注民族学院的发展。西藏班开班的老师们不辱使命，白手起家打下办学基础；老校长王惠民面对校园的脏乱差和学生乱象，果断采取措施，开创"三自教育"管理模式，使西藏班逐渐形成正轨的教、学氛围，功不可没；戴凤林院长任职期间开始招收藏族预科班和内地大专班，成立高中部、少数民族预科部等，奠定了民族学院教学格局。扩展学校区域、增减教学楼和餐厅、建设400米标准运动场，"教育一个学生，培养一个校长，发展一方教育，成就一方文明"的教育理念，对民族学院的教育起到了升华作用；冯瑞健院长的大胆开拓精神为师生带来了获得感，大大提升了教职员工的积极性，"倾注一片爱心，培育民族英才，提升民族教育，构建和谐校园"很得师生心；还有张文洲书记和苏建勇院长，千方百计筹措资金"补窟窿"，凝心聚力整合资源，促进了民族学院的稳步发展。他们构建的"一体两翼"办学格局，就是以西藏高中部为一体，少数民族预科班和大专班为两翼，提出的"以德立校，依法治校，特色亮校，质量强校"和历任书记院长的治学理念吻合与传承。这些，都是学院今后值得珍惜的财富。

虎年的藏历年，因新冠肺炎疫情肆虐，西藏班的孩子们不能返家过年，学校领导为了让他们度过一个祥和的藏历新年，按照民族习惯，为他们准备了家乡风味的年夜饭，举行灯光舞会，组织他们到历史文化名城正定畅游……学校领导和西藏班任课的教职员工一个也不歇息，陪伴着他们在娱乐中学习、在学习中娱乐。

高层次办学、高质量发展，是河北师范大学附属民族学院的方向，也是他们的践行之路。在这历程中，格桑花开太行情会更加炽热，来自西域雪原的莘莘学子会更加健康成长，河北师范大学附属民族学院会在中国教育史诗留下浓墨重彩的一笔：也会有更多的从这里走出莘莘学子像雄鹰一样自由翱翔在祖国的蓝天！

西江月 · 园丁之歌

书稿草成,兴犹未尽。这册图书所展示的,不过是河北师范大学附属民族学院几十年来教育生涯的一个侧面,未能尽展园丁丰姿。呈民族学院方家审稿之际,笔者精神稍事轻松,漫步于滹沱河风景区,意外邂逅云水夫人——被故友称为河北桃城第一女词人,因同有故友相邀衡水湖畔之缘、隔空传吟诗词之谊,没有寒暄,开口即吟咏。

"老兄也有闲情逸致逛风景?"帽酷裙洁的云水夫人笑容可掬,"是在采风赋诗吗?"

湖畔一聚,虽有诗词以微信隔空交流,再不曾谋面,也无视频对话,今日相遇,五年后的云水夫人依然风姿绰约、驻颜如初。

"您还是那么年轻漂亮。"虽不无寒暄之意,但话有分寸。

云水夫人优雅一笑:"兄长真是过誉了……不久前,在'群里'看到你在师大民族学院座谈的照片——是不是和艺术创作有关?"

"云水夫人慧眼……是座谈。"

"座谈?据我所知,民族学院不是艺术学院,请你去研讨的是什么课题？"

　　我便解释起因：应邀为民族学院撰写一部纪实文学作品，和书中出现的人物充分交流颇为频繁。自己虽有近三十篇人物传记创作经历，这部作品不同，不是为一人立传，有"框框"限制的，难免有些地方文不达意——尤其是人物刻画。云水夫人道："我明白你的意思了。你不是写过《女儿行》——以诗的形式刻画一位女检察长的传记吗？"

　　"是有过。"

　　"那是以传统诗的形式创作的，刊登在《中国人物传记》，是吗？"

　　"是。"

　　"你何不单列一章，以诗词的形式，给个人赋诗或者填词一首？或许有不漏之功、'点睛'之妙。"

　　我为之一振："我也有过此意，拟作西江月·园丁之歌。恳切请你填词几首怎样？肯赏光吗？"

　　"不瞒老兄说，离开校园几十年了，梦里活动最多的地方还是学校生活！"云水夫人侃侃而谈，"真是怪得很，学校生活怎么如此难以忘怀……这样吧，方便的话，容我到民族学院重温一下学生生活，或者给我一份书稿看看，也好有的放矢。"

　　"好啊！"

　　云水夫人好爽快！

　　周日，云水夫人低调来到民族学院，我陪伴漫步其间。云水夫人虽藏姓埋名于桃城，饱读诗书品位高。云水夫人留意了校园景色，更关注校园文化展示，被橱窗里的陈列所吸引。

　　观赏之间，在行政楼下与学院办公室主任王磊及西藏班高中部党支部书记闫志军相遇，二君热情相邀参观学院校史陈列，云水夫人以礼相谢。几天之后，云水夫人以微信传来填词数首，我捧唱和吟，共得西江月·园丁之歌十五首，陈于书尾也！

其一　开班初杰

举办藏班兑现，同僚个个欢颜。手背手心肉相连，已悟中央远见。

难料新生秉性，野马入槽横冲。星光入梦伴花眠，月与园丁互动。

其二　王惠民

临近退休调走。妻思卸任从游。哪知重担又来挑：再到藏班亲授。

院落卫生滞后。学生随意难收！老兵赴任胜廉颇，工作绝无折扣。

其三　丁向真

少女高原向党，随夫转战离乡。京畿偶遇老相识，转入藏班慈航。

同住同吃不厌，师生相伴天天。振兴西藏后来人，奶奶老师期盼。

其四　刘森

面对歪斜说不，心揣使命屏俗。传播学院育精英，体育领衔铺路。

天命融合使命，新楼更上一层。格桑花盛艳石门，仙子牡丹追梦。

其五　王运敏

华夏九州得运，党群团结齐心。干群和谐现风流，便有征程通顺。

满院格桑花旺，高空大雁闻香：高原西藏雪莲花，魂系国际庄上！

其六　王冬剑

多才多艺施教，学生品位提高。剪纸剪出新生活，学子明天更好。

艺怎整齐划一？天分雷同才奇！菩提老祖有心路，才有猴王霸气。

其七　刘雪杉

赖床学生不动，哨声隔空传情。大婚清晨哨先鸣，学子深情目送。

高原尕娃辗转，拉萨车站同欢。学生坦然诉箴言：得益恩师严管。

其八　李保堂

优秀传承不吝,一心一意耕耘。伏枥老骥贵争先,本本分分勤奋。

西藏情景再现,学子牵挂心间。一瓶美酒盛传情,美好未来召唤!

其九　张文洲

主政校园堪久,干群足智合谋。年轮尽染已白头,诸葛平摆五路。

遇事环环能顾,人心平稳长足:民族团结长新枝,四季花开锦簇。

其十　苏建勇

人瘦心胸开阔,不容岁月蹉跎。学生公寓他维新,清洁宽敞都乐。

两翼一体独创,格桑主体花香:红花绿叶盛开时,月季格桑齐放。

其十一　戴凤林

跨海乘风破浪,心宽从不惆怅。胸怀大志破壳出,学院变了模样。

城建规划巨变，民族学院逢缘：有容乃大是常理，西域人民开颜。

其十二　冯瑞建

美誉盛传学院，接班瑞建超前。掌门岁月跨经年，岁岁哈达飘献。

陪伴研学兴奋，山河大好游春：中华崛起在今朝，学子人人自信。

其十三　乔庆刚

响应党的呼唤，无私奉献超然。学崖高耸本无边，学长为师陪伴。

带队研学红馆，英雄忠烈承传。园丁勤奋百花开，大地烂漫一片。

其十四　白兰平

命运不能搬运。常常弃旧更新。发现花朵有垂头，雨露及时滋润。

文笔生花灵动，华章出自兰平。花开经历几春秋，同圆太行一梦。

其十五　李宗铭

家长助学汇款，统一立账存钱。囊中羞涩画难离，边巴纸涂黑炭。

双校掌门名盛，徒增瓷王串红：择优任用调遣时，乡党团围难动。

笔者本就学疏才浅，云水夫人无意文坛。书尾附西江月词十五首者，既非学院诸杰之愿，更无学院领导授意，乃笔者兴之所至，可为看官消遣、得方家雅正也。

华丁 2022 年 2 月 2 日至 4 月 28 日采访、起草于

河北师范大学附属民族学院——龙飞影视传媒

2022 年 8 月初，据学院材料补充而修补也